Mina Bröcker

Hermann

und der rote Hercules

www.tredition.de

© 2020 Mina Bröcker

Verlag und Druck:
tredition GmbH, Halenreie 40-44, 22359 Hamburg

ISBN
Paperback: 978-3-347-20581-9
Hardcover: 978-3-347-20582-6
e-Book: 978-3-347-20583-3

Saint-Nazaire, November 1962

Hermann legte den Kopf in den Nacken. Er sah Oskars Hände vor sich. Wie sie den Pinsel führten und wunderschöne riesige Rosenranken auf die Tapete malten. Und wie sein Großvater im Handstand die Treppe zum Hof hoch- und runterstieg, um ihn und seine Freunde zu erheitern. Er dachte an Jürgen und die scheinbar endlosen Sommertage am Lankenauer Höft. All das schien eine Ewigkeit her.

„Hermann? Was ist mit dir?"
„Hmm?"

Hermann öffnete seine Augen. Sein Blick traf auf Jeanne. Sie ordnete ihr dichtes dunkles Haar und beobachtete ihn im Spiegel. Ihr *Chignon*, der Knoten, hatte sich gelöst. Mit geübtem Griff nahm sie die Klammer aus dem Mund und steckte die Strähnen hinter dem Ohr fest. Ihr Blick blieb dabei auf ihn geheftet. Noch vor ein paar Minuten hätte er sie am liebsten wieder ausgezogen, doch jetzt schien er überrascht, sie zu sehen.

„Was ist denn passiert? Du bist ja ganz blass!"
Hermann schaute auf das Papier in seiner Hand. „Es ist nichts!", sagte er.
„*Cheri!*"

Jeanne schüttelte ihren Kopf und drehte sich um. Sie und Hermann waren noch nicht sehr lange ein

Paar, aber sie kannte ihn bereits gut genug, um zu wissen, dass das nicht stimmte. Seit dem Sommer trafen sie sich heimlich in seiner Mansarde, in der nichts weiter stand als ein Bett, ein Nachtschrank, eine Kommode und ein Stuhl. Hier liebten sie sich voller Hast, bevor Jeanne wieder zurück in das Kurzwarengeschäft musste, in dem sie arbeitete. Sie nahm ihre Strickjacke vom Stuhl und spielte mit dem Ärmel. Offenbar hatte sie es diesmal nicht eilig, pünktlich ins Geschäft zurückzukehren.

Hermann überlegte, wie er Jeanne versichern konnte, dass alles gut sei. Aber für einen abwiegelnden Satz fehlten ihm die feinen Nuancen der französischen Sprache. So beschloss er zu sagen, was er soeben erfahren hatte.

„Meinem Großvater geht es nicht gut."

„Was soll das heißen, ihm geht es nicht gut? Ist er krank?" fragte Jeanne und setzte sich neben ihn aufs Bett.

„Es kann sein, dass er bald stirbt", antwortete Hermann.

„*Mon Dieu!*" Jeanne schlug sich die Hand vor den Mund. Dann besann sie sich und schlug schnell ein Kreuz vor ihrer Brust.

„Das heißt, du fährst nach Deutschland? Wenn du willst, frage ich Papa, ob er dich von der Arbeit abmelden kann. Ich werde ihm alles erklären", sagte sie.

„Halt Jeanne, warte! Warte! Ich… ich werde nicht nach Hause fahren!"

„Wie? Warum nicht? Willst du deinen Großvater nicht noch einmal sehen?"

Jeanne sah Hermann fragend an. Manchmal verstand sie nicht, was ihm durch den Kopf ging und warum er immer so verschwiegen war. Trotzdem oder vielleicht auch gerade deswegen hatte sie sich in ihn verliebt und zwar just an jenem Abend, an dem ihr Bruder François den fremden blonden Mann mit nach Hause gebracht hatte.

Auch Hermann war vom ersten Augenblick an von Jeanne angetan. Erst wollte er es sich nicht eingestehen und dann ließ er sich nichts anmerken. Das hatte vor allem mit Jeannes Vater zu tun. Hermann hatte großen Respekt vor Pierre. Er liebte ihn und schaute zu ihm auf. Und er hatte eine Heidenangst vor seiner Reaktion, wenn er erführe, dass Hermann und Jeanne ein Paar waren.

Pierre Guimard war freundlich zu Hermann gewesen, hatte sein Haus für ihn geöffnet und ihn in seine Familie, in sein Innerstes, aufgenommen. Das war nicht selbstverständlich für einen Franzosen und schon gar nicht für einen aus Saint-Nazaire. Seit 16 Jahren war der Krieg zu Ende, aber noch immer spaltete der riesige U-Boot-Bunker die Stadt.

Hermann wusste, dass Pierre ihn mochte, aber würde er ihn auch als Schwiegersohn akzeptieren? Wollte er denn überhaupt heiraten, Vater werden, für immer an einem Ort bleiben? Hermann atmete tief durch. Er musste seine Gedanken sortieren.

„Natürlich will ich meinen Großvater sehen. Ich muss nur vorher noch ein paar Dinge klären", beschwichtigte er Jeannes Unruhe und küsste sie auf die Nase.

Als Jeanne fort war, zog Hermann sich an und ging raus. Er wollte ans Ufer der Loire, den Kopf frei bekommen. Seit jeher hatte Wasser eine beruhigende Wirkung auf ihn. Er verließ das Haus in der *Rue de Vieille Église*. Draußen war es nasskalt, es nieselte – bretonisches Wetter. „Genauso ein Schietwetter wie in Bremen", dachte Hermann und schlug den Mantelkragen hoch.

Das Zimmer, das er erst Anfang des Sommers angemietet hatte, lag im Hafenviertel, von hier konnte er zu Fuß zur Werft gehen. Sie arbeiteten im Schichtbetrieb, auch die Monteure, alle zwei bis drei Tage im Wechsel Früh-, Spät- und Nachtschicht und zwischendurch ein paar Tage frei. Hermann verließ das Hafengebiet und ging über die Drehbrücke Richtung Stadt. An der Ecke war ein Kiosk, der Postkarten verkaufte. Auf den meisten war das maritime Saint-Nazaire zu sehen. Sie erinnerten an längst vergangene Zeiten. Wie die mit dem traditionsreichen Ozeandampfer *Normandie,* der malerisch in Richtung Horizont zieht, während sich an der Promenade gut gekleidete Menschen in ihren weißen Anzügen und Sommerkleidern tummeln.

An diesem Novembermorgen war die Stadt einfach nur trist. Das Zentrum war nach dem Krieg weit ab vom Hafen wieder aufgebaut worden. Es gab eine langgezogene Einkaufsstraße mit Bekleidungsgeschäften und zweitklassigen Restaurants, in denen man ein Drei-Gänge-Menü schon für wenige *Francs* bekam. Doch Hermann hatte keinen Hunger und er wollte nicht in die Stadt. Also bog er in die *Rue du Port* ein und ging zum Strand.

Es war Ebbe. Die Loire hatte sich zurückgezogen und Bänke weißer Muscheln freigelegt, auf deren Schalen die Wellen ihre geriffelten Reliefs hinterlassen hatten. Eine Frau sammelte Austern und Miesmuscheln auf. Möwen kreischten und konkurrierten mit den Enten um die Wattwürmer. Bereit zur Attacke kreisten die Raubvögel im Himmel. Es roch nach Fisch, Tang und Meer. Hermann musste an Jürgen denken. Er wünschte sich, sein bester Freund wäre bei ihm in Frankreich. Noch nie hatte er mit jemanden darüber geredet. Mit Jeanne nicht, mit Jürgen nicht und auch nicht mit Peter. Jeanne hatte er nur erzählt, dass er bei seinen Großeltern aufgewachsen war und dass er keine glückliche Kindheit hatte. Aber das stimmte nicht. Er hatte eine glückliche Kindheit.

Bremen, März 1951

Der Tag war für eine Beerdigung fast beleidigend schön. Es war zwar bitterkalt, doch das erste Mal seit Wochen ließ sich die Sonne blicken. Sie schien durch die bunten Fenster der Kapelle und warf rote, gelbe, blaue und grüne Flecken auf die weiß gekalkte Wand.

Hermann sah das Farbspiel nicht. Er klammerte sich an die weiße Rose in seiner Hand. Vergeblich versuchte er zu weinen, doch keine einzige Träne wollte ihm die Wange herunterlaufen. Damit niemand es bemerkte, hielt er den Blick fest auf die ebenmäßigen Blütenblätter der Rose gerichtet.

Links von ihm saß sein Großvater, Oskar. Rechts von ihm seine Großmutter Henny. Hinter ihnen hatten Hannah, Gerd und Hans Platz genommen, die Geschwister seiner Mutter. In einem Moment der Stille ging ein Husten, Räuspern und Schniefen durch die Trauergemeinde.

Hermann hörte ein schweres Ächzen hinter sich, vorsichtig lugte er über seine Schulter. Zwei Reihen hinter ihm saß eine Frau, die er noch nie zuvor gesehen hatte. Sie hatte die Schultern hochgezogen. Um die Brust hatte sie ein wollenes Tuch geschlungen. Ihre Augen waren gerötet. Sie presste ein Taschentuch auf ihren aufgerissenen Mund, um nicht laut aufzuschluchzen und nur anhand ihrer zuckenden Schultern erahnte Hermann, dass sie weinte. Geplagt vom schlechten Gewissen, nicht weinen zu können, drehte er sich weg. Es war nicht so, dass er seine Mutter nicht geliebt hätte. Er hatte seine Mutter geliebt, sehr sogar. Aber er konnte einfach nicht glauben, dass sie dort vorne in dem schlichten hölzernen Sarg liegen sollte. Seine Großeltern hatten ihm verboten, den Leichnam zu sehen. Aber vielleicht hätte es ihm geholfen zu realisieren, dass seine Mutter nun tot war.

„Behalt' deine Mutter so im Kopf wie sie noch gesund war", hatte Henny nur gesagt.

Hermann rief sich das Bild seiner Mutter Sophie ins Gedächtnis. Damals, als sie noch ein Backfisch war. Gesund, rosig, mit vollen Wangen und zu Schnecken gedrehten Haaren. Es gelang ihm, das andere Bild von ihr zu verdrängen. Das Bild der letzten Jahre, als sie bereits von der Krankheit gezeichnet war: hager, mit scharfen Gesichtszügen und bleichen Augen.

Da erklang eine Melodie, die ihm bekannt vorkam. *Auld Lang Syne*. Die Melodie hatte seine Mutter ihm vorgesummt, wenn sie ihn beruhigen wollte. Es war eines ihrer Lieblingslieder gewesen. Den Text kannte Hermann nicht. Doch als die Gesangsstimme erklang, begann seine Brust zu beben. Das Beben rollte nach oben, brach sich Bahn bis zum Hals, wo ein dicker Klumpen saß, der das Grollen aufhielt. Doch es wurde stärker. Hermanns Kinn fing an zu zittern und mit einem sich aufbäumenden Schluchzen ergab sich sein kleiner Körper. Er klappte nach vorn auf seine Knie und schluchzte. Tränen liefen seine Wangen hinunter und wollten nicht enden. Sein Großvater streichelte ihm den Rücken, ließ ihn gewähren und drückte ihn immer wieder an sich. Ganz so als wollte er sagen: „Alles wird gut!

Als das Lied endete, kamen die Sargträger. Der Trauerzug mit Hermann und seinen Großeltern an der Spitze folgte ihnen nach draußen ins Freie. Die Sonne schien so gleißend vom klaren blauen Himmel, dass sie die Augen schließen mussten, um nicht geblendet zu werden.

Die Totengräber hatten ihre Mühe damit gehabt, das Grab auszuheben. Die Erde war steinhart gefroren und mit einem Feuer hatten sie zunächst die obersten Schichten auftauen müssen, um sie beiseite schaufeln zu können. Nun lag die Erde in dicken, dunkelbraunen Brocken neben dem Grab. Der Sarg wurde eingelassen und Hermann trat hervor, um seine Rose hinabzuwerfen.

Die Trauerfeier fand in der Wohnung von Henny und Oskar statt. Die Wohnung befand sich im ersten Stock eines einfachen Mehrfamilienhauses, dessen einziger Zweck es war, den Menschen nach dem Krieg schnell ein Dach über dem Kopf zu bieten. Zu siebt lebten sie auf 60 Quadratmetern Wohnfläche. Es gab zwei Schlafzimmer, ein Wohnzimmer, eine Küche und ein Bad. Gerd, Lore und ihr Sohn Axel schliefen im Schlafzimmer, das sich Hermann zuvor mit seiner Mutter und seiner Tante Hannah geteilt hatte. Nun saßen alle zusammen in der Küche, die den Mittelpunkt der Wohnung bildete. Henny servierte Bohnenkaffee und stellte ein Blech Butterkuchen, den sie frühmorgens noch gebacken hatte, auf den Tisch. Dass die Gäste eine anständige Bewirtung erhielten, war Hannah zu verdanken, die alles bezahlte. Erst am Vorabend war sie aus Heidelberg angereist.

Neben der Familie waren noch Nachbarn sowie Sophies Arbeitskolleginnen und Freundinnen gekommen. Die Frau mit dem wollenen Tuch war auch dabei. Sie hieß Else und kannte Sophie noch aus Findorff. Mittlerweile lebte sie im Bremer Umland in Twistringen und war mit einem reichen Bauern verheiratet.

Hermann war nach der Beerdigung erschöpft ins Bett gegangen. Als er Stunden später wieder aufwachte, war es draußen schon dunkel. Hermann wusste nicht, wie spät es war, schätzte aber, dass es früher Abend sein musste. Aus der Küche hörte er Stimmen. Die Erwachsenen saßen am Tisch und diskutierten. Einzelne Gesprächsfetzen drangen an sein Ohr. Jemand sagte seinen Namen. Schlaftrunken lauschte Hermann in die Dunkelheit hinein. Er hörte den Bügelverschluss einer Bierflasche ploppen. Hermann streckte sich und beschloss aufzustehen. Er hatte Hunger, seit dem Frühstück hatte er nichts mehr gegessen. Auf nackten Füßen tappte er durch den dunklen schmalen Flur Richtung Küche. Die Holztür war nur angelehnt. Durch einen schmalen Spalt fiel das Licht der Deckenlampe auf die Dielen.

Er hörte Oskars Stimme. „Wir müssen es ihm sagen. Der Junge hat ein Recht darauf."

„Oskar, lass gut sein. Das sind olle Kamellen", sagte seine Großmutter. „Viel wichtiger ist die Frage, wie es jetzt weitergehen soll. Hannah, was ist mit Heinrich und dir? Ihr habt ein großes Haus."

„Mutter, ich habe gesagt, es geht nicht."

„Aber ihr seid jung und habt keine Kinder. Oskar und ich sind alt und wir wohnen hier zu siebt."

„Und wie stellst du dir das vor? Heinrich fährt nächsten Monat für einen Vortrag in die Schweiz, von dort wollen wir weiter an den Gardasee. Da kann ich Hermann unmöglich mitnehmen und ich habe nicht vor zuhause bleiben."

„Was bist du nur für ein egoistischer Satansbraten!", zischte Henny.

„Satansbraten? Ich gebe dir gleich Satansbraten!" erregte sich Hannah.

„Menschenskinners! Könnt ihr euch nicht zusammennehmen? Wenigstens an einem Tag wie heute?" Oskars Gesicht war zornesrot. Nicht einmal einen halben Tag hatte es gedauert, bis Hannah und ihre Mutter aneinandergeraten waren.

„Ist schon gut *Vaddern*", sagte Hannah und zündete sich eine Zigarette an. Sie nahm einen tiefen Zug und pustete den Rauch langsam aus. Dann beugte sie sich vor: „Wir machen es so: Der Junge bleibt bei euch und ich schicke euch jeden Monat Geld bis er 14 Jahre alt ist und sein eigenes Geld verdienen kann."

Oskar sah Henny an. Henny seufzte. Sie wusste, ihre Tochter war durch nichts umzustimmen Sie war genauso dickköpfig und resolut wie sie selbst. Außerdem wagte sie es nicht, ihre älteste Tochter zu bedrängen. Immerhin war es Hannah gewesen, die die Familie durch den Hungerwinter 1946 gebracht und sie auch danach mit dem Nötigsten versorgt hatte. Sie waren eine Familie und die Familie hielt zusammen. Zwar ging sie schon auf die 60 zu, aber hatte sie nicht auch ihre eigenen vier Kinder durch die Depression und durch die Wirren der jungen Republik bekommen? Hermann war ein guter Junge. Ordentlich und fleißig. Und er beklagte sich nie. „Ein besserer Bub als meine Jungs", wie Henny insgeheim zugeben musste. Also nickte sie.

Die Tür knarrte. Henny erschrak, als sie ihren Enkel im Türrahmen stehen sah. „Hermann, was machst du hier? Ich dachte du schläfst!" Ihre Stimme klang vorwurfsvoller als beabsichtigt. Henny fühlte sich ertappt, weil sie über ihren Enkel gesprochen hatten. Wie lange mochte er wohl schon dort gestanden haben?

„Ich bin aufgewacht", sagte Hermann und gähnte. „Ich habe Durst. Und Hunger!"

Hennys Gesichtsausdruck entspannte sich, als sie den zerzausten Jungen ansah. Sein blondes Haar war verstrubbelt, das rechte Bein der langen Unterhose bis zum Knie hochgerutscht - das Kind war ja noch halb am Schlafen! Sie stand von ihrem Stuhl auf und strich ihren Rock glatt. „Na komm man her min Jung! Ich mach' dir was zu essen."

Henny Westen hieß eigentlich Henriette, wurde aber von niemandem so genannt. Sie war klein, rund und runzelig und wirkte wie ein gutmütiges Groß-mütterchen. Doch das täuschte. Aus ihrem Gesicht blitzten die hellblauen Augen wach und scharfsinnig. Einmal hatte Hermann erlebt, wie Henny eine daher-gelaufene Maus mit einem Feudel erschlagen hatte. Ein anderes Mal hatte Henny ihren Mann aus der Kneipe gezerrt nachdem sie spitzbekommen hatte, dass er donnerstags seine Lohntüte als erstes hierhin trug. Seitdem wartete sie Woche für Woche mit aus-gestreckter Hand vor dem Werkstor der Werft, wo Oskar als Maler arbeitete. Ohne zu murren, händigte er ihr den Lohn aus. Denn obwohl Henny mindestens zwei Köpfe kleiner war als ihr Mann, gab sie in der Familie den Ton an und Oskar hatte im Laufe der Ehejahre gelernt, seiner Frau nicht zu widersprechen.

Hermann liebte seinen Opa über alles. Sie waren Komplizen im Geiste und Verbündete im Schaber-nack. Oskar Westen war gutmütig und lustig. Als Hermann noch kleiner war, hatte sein Opa ihm Seemannslieder vorgesungen und Geschichten von früher erzählt. Und wenn Oskar das Lied „Das schmeißt doch einen Seemann nicht gleich um" anstimmte und bei *„so'n lüdden, lüdden, lüdden Buddel Rum"* kräftig das *r* rollte, klatschte der kleine Hermann vor Vergnügen in seine dicken Händchen.

Mittlerweile war Hermann neun Jahre alt. Er machte es sich auf dem Stuhl vor dem Ofen bequem. Normalerweise war das Hennys Stammplatz. Hier war es schön mollig warm und Henny hatte „Rücken", wie sie zu sagen pflegte. Hermann stellte seine nackten Füße auf der Stuhlkante auf und schlang seine Arme um die angezogenen Knie. Der Ofen bollerte und verströmte eine angenehme Hitze. Obendrauf knurrte noch die Kanne mit dem Kaffee vom Nachmittag vor sich hin. Sicher war er schon ganz bitter und klebrig. Der Stuhl knarrte, als Hermann sich bewegte. Das Holz war trocken von der Wärme und hatte sich zusammengezogen. Doch noch hielt es. Henny schnitt Hermann eine dicke Scheibe Graubrot vom Laib, bestrich sie mit Butter und Leberwurst und goss ihm Milch in einen Becher. Die Erwachsenen tranken Bier.

„Worüber habt ihr gerade gesprochen?" fragte Hermann und biss in sein Butterbrot. Es schmeckte herrlich. Die Krume war weich, die Kante knusprig. Henny hatte das Brot auch am Morgen gebacken, genauso wie den Butterkuchen, den er so liebte. Von dem Kuchen jedoch war nichts mehr übrig. Hannah zückte eine neue Zigarette aus ihrer Schatulle. „Nix, was für deine Ohren bestimmt ist", sagte sie eine Spur zu unwirsch.

Hermann wusste es trotzdem. Sie hatten über ihn gesprochen und wie es mit ihm weitergehen sollte. Er war jetzt nämlich ein Waisenkind. Eine „Vollwaise" wie er heute gelernt hatte.

Wie fast jeder in seiner Klasse war Hermann ohne Vater aufgewachsen, entweder waren die Väter gefallen, verschollen oder noch in Kriegsgefangenschaft. Und nun war auch seine Mutter tot. Kauend betrachtete Hermann seine Tante. Hannah war 33 und die Älteste von Henny und Oskars Kindern. Seine Mutter Sophie war zwei Jahre jünger gewesen, danach folgten Gerd und mit großem Abstand Hans, der 20 Jahre alt war und von Henny vergöttert wurde. Hannah kam vom Wesen her ganz nach ihrer Mutter, hart im Nehmen und im Geben. Und sie war schön. So schön, dass sie es noch besser getroffen hatte als Else mit ihrem reichen Bauern.

Einige der Trauergäste hatten Hannah seit Jahren nicht gesehen und bemerkten mit einer Mischung aus Neid und Bewunderung die edle Kleidung und den teuren Schmuck, den sie trug. „Die ischa'n büschen etepete geworden", raunte Frau Diemers ihrem Mann zu als Hannah in die Kapelle trat.

Hermann fand, dass seine Tante ein bisschen aussah wie Rita Hayworth. Erst neulich hatte er die amerikanische Filmschauspielerin auf einem großen Kinoplakat gesehen. Die beiden Frauen hatten die gleichen Haare, die gleichen verführerisch blickenden Augen. Hannahs Gesichtszüge waren zwar etwas markanter, aber der Mund war weich und hübsch geschwungen, die Lippen dunkelrot geschminkt.

Wie eine echte Dame saß Hannah auf dem Holzstuhl. Den Rücken durchgedrückt, die Beine leicht schräg nebeneinander aufgestellt. Und dann ihre Garderobe: Für die Trauerfeier hatte Hannah ein schwarzes Kostüm gewählt. Dazu trug sie schwarze halblange Handschuhe, Nylons und schwarze Pumps. An ihrem Hut, der mehr Kopfschmuck als Bedeckung war, hing ein kleiner schwarzer Schleier, der, wenn sie ihn herunterzog, ihr halbes Gesicht bedeckte. Zuhause zog sie die Handschuhe aus, weiße langgliedrige Finger kamen zum Vorschein, die Fingernägel dunkelrot lackiert. Kaum zu glauben, dass Hannah aus einer Arbeiterfamilie stammen sollte.

Ihre Schönheit war ein Segen für sie alle gewesen. Als die ersten Gerüchte über das „Fräuleinkarussel" vor dem Kasino der Amerikaner aufkamen, ließ sie sich schon von ihren Liebhabern im Jeep durch die Stadt kutschieren. Stets kam Hannah mit einer Wurst, Konserven oder Zigaretten nach Hause. Henny rümpfte zwar die Nase über ihre älteste Tochter, nahm die Annehmlichkeiten jedoch gerne an. „Jede Zeit erfordert ihre Opfer", sagte sie entschuldigend.

Den Volltreffer landete Hannah bei einer Abendveranstaltung der amerikanischen Militärregierung in Bremen. Dort lernte sie Heinrich Hesekamp kennen. Hesekamp war Physiker. Vor dem Krieg war er in die USA emigriert. Sein ehemaliger Doktorvater lehrte am *Massachusetts Institute of Technology* und hatte ihn als seinen Mitarbeiter nachgeholt. An der MIT promovierte Hesekamp und verfasste seine Habilitationsschrift. Gebürtig stammte er aus Bremen. Daher war er gerne der Einladung gefolgt, an jenem Abend die *dinner speech* über die neuesten Entwicklungen in der Kernphysik zu halten. Von dort aus sollte es für ihn an die Universität Heidelberg gehen, die ihm eine Professur angeboten hatte.

Wie Hannah den spröden Wissenschaftler im Laufe nur eines Abends von sich überzeugen konnte, war Henny ein Rätsel. Auch wie Hannah es überhaupt geschafft hatte, bei der Veranstaltung dabei zu sein. Doch einen Monat später packte Hannah ihre Koffer und zog zu Hesekamp nach Heidelberg, wo die beiden heirateten.

Sophie hätte auch gerne einen Mann kennengelernt. Anfangs, als das Fraternisierungsverbot gerade aufgehoben wurde, hatte sie ihre Schwester zu den amerikanischen Tanzveranstaltungen im Rotkreuzclub in der Glocke noch begleitet. Doch dann wurde sie krank. Hermann hätte nichts gegen einen

Amerikaner als Stiefvater gehabt. Im Gegenteil. Er mochte die Amerikaner sehr.

Den ersten sah er als er etwa fünf Jahre alt war. Hermann ging gerade mit seiner Mutter die Obernstraße hoch zur Straßenbahnhaltestelle. Auf der anderen Straßenseite umringte eine Gruppe von Kindern vier GIs. Sie bettelten um Zigaretten, die sie auf dem Schwarzmarkt zu tauschen hofften.

„Häff ju ä Zigarett for mein Vadder?" hörte Hermann ein Mädchen sagen und sah, wie die GIs den Kindern Schokolade gaben. Er wollte auch hingehen, doch Sophie hielt ihren Jungen fest an der Hand.

„Betteln ist nicht erlaubt", sagte sie streng und wollte weitergehen. Hermann jedoch blieb stehen und warf den Kindern verstohlene Blicke zu, als ihn einer der Männer bemerkte, sich aus der Gruppe löste und auf ihn zukam.

„Hey, Buddy. What's your name?" fragte der Soldat, hockte sich vor Hermann hin und entblößte eine Reihe schneeweißer Zähne. In seiner Hand hielt er einen Block Schokolade, die in glänzendes Silberpapier eingewickelt war. Die Haut des Mannes war schwarz. Hermann hatte noch nie zuvor einen Schwarzen gesehen und noch nie so weiße Zähne. Er schmiegte sich eng an die Beine seiner Mutter, konnte aber den Blick nicht von dem Stück Silberpapier abwenden. Der GI lachte, brach eine Rippe von der Schokolade ab und gab sie dem Jungen. Dann klopfte

er Hermann auf die Schulter, sprang auf und verschwand. Hermann war verwirrt, in seinem Kopf rasten die Gedanken durcheinander. Noch nie hatte ihm jemand Schokolade geschenkt. Dafür gab es nur eine Erklärung.

„Mama?"

„Ja?"

„War das Papa?"

Sophie schnappte hörbar nach Luft. „Wie bitte? Schätzchen, dein Papa ist im Himmel, das weißt du doch."

„Ja, aber du hast doch gesagt, dass er ein Soldat war."

Sophie schaute ihren Sohn an. Es brach ihr das Herz, wie er sie mit seiner Schokolade in der Hand erwartungsvoll anblickte. Sie kniete sich hin, nahm ihn in die Arme und drückte ihn fest an sich. Dann legte sie Hermann beide Hände auf die Schultern und blickte ihm fest ins Gesicht. Sie versuchte ihrer Stimme einen unbekümmerten Klang zu geben: „Stimmt mein Schatz, du hast Recht, dein Papa war Soldat. Der Mann eben war aber ein amerikanischer Soldat. Dein Papa ist schon vor langer Zeit gestorben und liegt auf Bornholm begraben."

„Bornholm? Ich dachte, er ist im Himmel!"

„Ja, seine Seele ist im Himmel. Begraben ist er auf Bornholm. Das ist eine dänische Insel und weit weg."

„Ach so."

Hermann vermisste seinen Vater nicht. Er kannte ihn ja nicht. Nur manchmal, wenn er andere Kinder mit ihren Vätern sah, packte ihn die Sehnsucht. Da fragte er nach und wollte wissen, wie sein Vater ausgesehen hatte. Da lachte seine Mutter nur und sagte: „Dein Vater war genauso ein hübscher Bengel wie du!"

Wenige Monate nach der Begegnung mit dem freundlichen GI erkrankte Sophie. Zunächst war sie nur erschöpft und verspürte trotz der harten Arbeit in der Wäscherei keinen Appetit. Zudem plagte sie ein hartnäckiger Husten. Eines Tages entdeckte Sophie blutige Schlieren im Taschentuch. Henny schalt sie: „Sophie, so geht das nicht, du musst zum Arzt. Oder willst du uns etwa alle anstecken?"

Sophie kam direkt auf die Tuberkulose-Station in Friedehorst. Während ihres Reichsarbeitsdienstes hatte sie Tuberkulosepatienten versorgen müssen und sich offenbar selbst angesteckt. Jetzt erst war die Krankheit ausgebrochen. Immer schon schlank gewesen, magerte sie innerhalb kürzester Zeit ab, so dass sich die Rippen unter der dünnen Haut abzeichneten. Mit einem Mal war ihre Nase keine Stupsnase mehr, sondern ragte spitz aus dem eingefallenen Gesicht hervor. Die zwei Grübchen zeichneten sich scharf auf der bleichen Haut ab. An ihrem Körper war nichts mehr rund und weich. „Wer nimmt mich schon mit diesen Beinen?", fragte sie Hannah bei einem ihrer Besuche, schlug die Decke beiseite und lachte beim Anblick ihrer dürren Waden und Oberschenkel bitter.

Im Dezember 1950 bestand sie nur noch aus pergamentdünner Haut und Knochen. Die nassgeschwitzten Haare klebten an ihrer Kopfhaut. Hannah versuchte vergeblich, für ihre Schwester Penicillin auf dem Schwarzmarkt zu ergattern. Das Medikament galt als das neue Wunderheilmittel. Doch es war knapp und nur für Amerikaner zur Syphilis-Behandlung vorgesehen, da halfen auch Hannahs gute Beziehungen nichts. Wegen der Ansteckungsgefahr durfte Hermann seine Mutter im Krankenhaus nicht besuchen. Also blieb ihm nichts anderes übrig, als sich unten in den Krankenhauspark zu stellen und ihr von dort zuzuwinken. Seine Mutter winkend auf einem Balkon. Dies sollte das Letzte sein, was Hermann von seiner Mutter zu sehen bekam. Am Ende schaffte sie es nicht mehr von dem Stuhl hoch. Im März 1951 starb Sophie mit 31 Jahren. Und Hermann sollte in jenem Sommer zehn Jahre alt werden.

Das Fahrrad

In den ersten Wochen nach ihrem Tod dachte Hermann noch oft an seine Mutter. Auch als sie bereits im Krankenhaus gelegen hatte, war sie in seinem Alltag präsent. Man unterhielt sich über ihren Gesundheitszustand, sie strickte Strümpfe für alle und ließ ihm Grüße ausrichten. Jetzt sprach kaum noch jemand von ihr und seine Erinnerungen verblassten.

Das Schlimmste für ihn war, dass er sich fortan das Zimmer mit Hans teilen musste. Hans war ein unberechenbarer Taugenichts. Ein falsches Wort und Hermann bekam eine Backpfeife. Seine Mutter hatte ihn immer beschützt, wenn Hans ausrastete, nun musste er alleine mit seinem Onkel zurechtkommen. Auf seine Großeltern konnte er in diesem Fall nicht zählen. Hans passte die Augenblicke ab, wo er alleine mit Hermann war. Und wenn Hermann sich an seine Großeltern wandte, so fand Henny immer eine Ausrede für ihren jüngsten Sohn. Henny liebte diesen Nichtsnutz auf sonderbare Weise und Oskar durfte sich nicht einmischen.

So oft es ging, verbrachte Hermann die Zeit draußen. Sein bester Freund war Jürgen Koch. Sie wohnten im gleichen Haus und gingen in die gleiche Klasse. Meist spielten sie Fußball. Ihr Nachbar Herbert Schlehn besaß eine Kirsche, einen echten Lederball. Der Ball war dunkelbraun und hatte eine dicke weiße Naht. Eines Nachmittags spielten sie vier gegen vier. Einer im Tor, drei auf dem Feld. Herbert wählte Jürgen, Hermann und Schorse in seine Mannschaft. Mit ihren Pullovern markierten sie die Tore. Sie waren mitten im Spiel, als Jürgen den Ball nach links verschoss. Sie hörten Glas klirren und eine Frau vor Schreck laut aufschreien.

„Mist!", fluchte Herbert.
„Au Backe!" sagte Schorse.

„Ausgerechnet bei der Martens, die meckert eh schon immer rum!" stöhnte Hermann.

Nur Jürgen sagte nichts. Er blickte ungläubig auf die zerborstene Scheibe.

„Was ist Jürgen? Hol den Ball!", forderte Herbert ihn auf.

„Mein Vater", sagte Jürgen. „Wenn mein Vater das mitkriegt." Seine Augen füllten sich mit Tränen. Er schluckte.

„Ich geh' schon", sagte Hermann.

„Was?" Jürgen schaute Hermann an.

Der nickte und wiederholte: „Ich geh' und hole den Ball."

Hermann verschwand im Hauseingang. Er würde einfach behaupten, er sei es gewesen. Zwar wusste er nicht, wie er es Henny und Oskar beibringen sollte, aber wenigstens drohte ihm kein Unheil. Manchmal war es eben doch besser, wenn man keinen Vater hatte, zumindest keinen, der einen prügelte. Zaghaft drückte er auf die Klingel von Frau Martens. Später wusste er nicht mehr, was sie ihm alles entgegengeschleudert hatte. Er erinnerte sich nur an ihr dickes rotes Gesicht und ihren verzerrten Mund. Er murmelte eine Entschuldigung, doch die Martens weigerte sich, ihm den Ball auszuhändigen. Hermann verstand, dass sie auf eine Entschädigung pochte. Er nickte ungeduldig.

„Ja, machen wir doch, ich sage meinem Opa Bescheid, der repariert das wieder!"

Henny schnaubte, als sie von dem Unglück hörte. „Und warum nimmst du das auf deine Kappe? Das kann doch Jürgens Vater selber reparieren, das müssen wir doch nicht machen!"

„Bitte Oma, du darfst Jürgens Eltern nichts sagen. Jürgen hat versprochen, die Scheibe zu bezahlen. Er wird das Geld schon irgendwie besorgen. Opa muss sie nur einsetzen, sonst fliegt alles auf", bettelte Hermann.

Henny warf Oskar einen Blick über den Tisch zu. Sie saßen in der Küche. Lore hatte Axel nach seinem Mittagsschlaf geweckt und versuchte ihm beizubringen, mit Messer und Gabel den Kartoffelbrei und die Frikadellen zu essen. Hans war beim Boxtraining. Gerd las die Zeitung.

„Also wenn ihr mich fragt, würde ich es machen", sagte Lore und sah auf. Axel nutzte den Augenblick, langte mit seiner Hand in den Kartoffelbrei und schmierte ihn in seine Haare. „Oh du Ferkelchen!" schimpfte Lore.

„Dich hat aber keiner gefragt. Jetzt siehste, was du davon hast!" sagte Gerd bösartig. Lore warf ihm einen wütenden Blick zu, verkniff sich aber eine Erwiderung.

Da stand Oskar auf.

„Oskar, wo willst du drauf los?" fragte Henny.

„Ich hol' den Hammer und mach der Martens erst einmal ein Brett vors Fenster. Jürgen soll die Scheibe besorgen, dann erledige ich den Rest", antwortete er und ging Richtung Keller. Hermann rannte ihm hinterher. Von hinten umschlang er Oskars Beine. „Danke Opa!"

„Da nicht für!" Er streichelte Hermann über den Schopf. „Los, und jetzt sag Jürgen Bescheid!"

Hermann stürmte aus der Wohnung. Erleichtert über den Ausgang und froh, der schlechten Stimmung zwischen Gerd und Lore entkommen zu sein.

Wochen später – die Scheibe war längst repariert – stiegen die Temperaturen bereits in der ersten Juniwoche auf über 25 Grad. Es war heiß und Jürgen holte Hermann zum Schwimmen ab.

„Hermann, nu' komm inne Puschen!" Ungeduldig trat Jürgen von einem Bein aufs andere. Seine Haare waren verschwitzt und die Kniestrümpfe verrutscht. Er, der eh stets gerötete Bäckchen zu haben schien, glühte heute noch mehr, aber nicht, weil ihm so warm war, sondern vor Aufregung.

Hermann schulterte seine Tasche mit den Schwimmsachen und sprang die letzten Stufen runter auf den Bürgersteig. Jürgen wippte auf den Zehen und strahlte.

„Was ist los? Warum hast du es so eilig?", fragte Hermann.

„Die haben bei Dutschke ein neues Fahrrad! Das musst du dir angucken! Komm mit!"

„Ich dachte, wir wollten schwimmen gehen!"

„Danach! Komm, es dauert nicht lange!"

Jürgen hatte von seinen Eltern zu seinem zehnten Geburtstag ein eigenes Fahrrad versprochen bekommen. Seitdem redete Jürgen von nichts anderem mehr. Sie überquerten die Gröpelinger Heerstraße und bogen in die Lindenhofstraße ein. Vor dem Schaufenster des Fahrradhändlers blieben die beiden Jungs stehen. Hermann sah das Fahrrad sofort. Genauer gesagt, waren es zwei. Zwei Sporträder. Ein weinrotes und ein blaues. Davor ein Reklameschild mit einem Foto von einem Hercules-Fahrrad, das mit einem Seil zwischen zwei Zugwaggons befestigt war.

„Mensch, schau dir das an. Guck mal, was da geschrieben steht: ‚Stark wie der sagenumwobene Held Hercules! Dieses Fahrrad kann acht vollbeladene Waggons hinter sich herziehen und hat die berühmte Zerreißprobe mit Bravour bestanden!" las Jürgen laut vor. Seine Augen leuchteten und auch Hermann war fasziniert. Er trat näher an die Schaufensterscheibe heran und schirmte seine Augen vor der blendenden Sonne ab. Das rote Fahrrad gefiel ihm besonders. Es hatte einen leicht geschwungenen Lenker mit blanken Handgriffen. Auf dem Boden drapiert lagen die dazugehörigen Lenkerbänder in schwarz und weiß. Daneben noch ein Tachometer und eine Radlaufklingel. In einem Ständer steckte eine Auswahl bunter Wimpel. An ihnen baumelten die Preisschilder. Hermann rechnete. Lautlos bewegte er seine Lippen. Insgesamt 300 Mark würde das Fahrrad samt Utensilien kosten. Sein Blick verfinsterte sich.

„Komm, lass uns reingehen!", sagte Jürgen.
„Nee, geh mal alleine. Ich warte hier auf dich", erwiderte Hermann.

Jürgen sah Hermann enttäuscht an. Dann zuckte er die Schultern und stieß die Tür auf. Ein Glöckchen bimmelte und die Tür fiel ins Schloss.

Unschlüssig blieb Hermann vor dem Schaufenster stehen. Mit den Händen in den Hosentaschen kickte er die kleinen Steinchen auf dem Bürgersteig weg. Nach außen hin gab er sich unbekümmert, doch in seinem Inneren rumorte es. Wütend krallte er seine Finger an dem Innenfutter seiner Hosentaschen fest. Gerne hätte er auch ein neues Fahrrad. Aber er konnte es sich nicht leisten. Stattdessen fuhr er Opas altes schwarzes Fahrrad, das viel zu groß und zu schwer für ihn war. Er musste im Stehen fahren, anders kam er nicht an die Pedale ran. Er spürte einen leichten Anflug von Neid auf seinen Freund und schämte sich im gleichen Augenblick dafür. Noch nie hatte er etwas Neues besessen oder geschenkt bekommen. Stets bekam er die abgetragene Kleidung von Hans und Gerd zum Anziehen. Die Hemden waren meist geflickt, die Hosen zu kurz oder zu lang, der Saum abgelassen oder der Stoff dünn gescheuert und verschlissen. Selbst seine Strümpfe und Schuhe waren gebraucht.

Jedes Mal, wenn er einen Schuss gemacht hatte, nahm Henny ihn bei der Hand und ging mit ihm zur Schuhtauschzentrale. Für Hermann war es ein Graus, die gebrauchten Schuhe anderer Menschen aufzutragen. Er schüttelte sich bei dem Gedanken an das Gefühl, das ihn befiel, wenn seine Füße die Wölbungen berührten, die die Füße seines Vorgängers im Schuhbett hinterlassen hatten. In der Kleiderkammer war es nicht besser. Henny wickelte die Strümpfe einmal um seine Faust und wenn das langte, nahm sie sie mit. Hermann träumte von einem eigenen Paar neuer Schuhe. Doch das Geld, das Tante Hannah schickte, deckte gerade einmal seinen Anteil für Kost und Logis sowie die Kosten für die Schulsachen ab. An ein Fahrrad war da gar nicht erst zu denken.

Die Türglocke klingelte erneut. Mit einem breiten Grinsen trat Jürgen auf die Straße.

„Hast du das gesehen? Ich durfte das Fahrrad sogar fahren."

Hermann zuckte mit den Schultern. Jürgen war sein bester Freund, doch in Momenten wie diesen verspürte er einen leichten Stich ins Herz. Denn im Gegensatz zu ihm hatte Jürgen noch beide Eltern, zwei Brüder und eine Schwester.

„Du hättest wirklich mit reinkommen sollen", sagte Jürgen. Er ahnte Hermanns Gedanken, trotzdem war er enttäuscht, dass sein Freund seine Freude nicht mit ihm teilen konnte.

„Ja, ja, das nächste Mal", knurrte Hermann. „Lass uns jetzt schwimmen gehen!"

Wie aus Jacek Jürgen wurde

Ursprünglich stammte Jürgen aus Schlesien. 1940 musste der Vater an die Front und kam direkt nach Stalingrad und von dort in russische Kriegsgefangenschaft. Als der Krieg 1945 endete und die Russen nach Schlesien vorrückten, floh Jürgens Mutter Roswitha mit den vier Kindern und ihrer Schwester Magdalena über Schwerin nach Delmenhorst. Sie strandeten in Bremen-Nord in einem Flüchtlingslager und suchten den Vater über das Rote Kreuz. Und dann, eines Tages, stand er plötzlich vor ihrer Baracke. Abgemagert und verhärmt. Selbst die ältesten Kinder erkannten den Vater nicht wieder. Nur Jürgens Mutter stieß einen spitzen Schrei aus, als sie ihren Mann sah und warf sich gegen seine Brust. Jürgen würde wohl nie dieses Bild vergessen, wie seltsam unbeholfen der fremde Mann dastand, seine Arme hob und wieder sinken ließ. Regungslos ließ er die Küsse und Umarmungen seiner Frau über sich ergehen.

110.000 deutsche Soldaten waren nach der Schlacht von Stalingrad in russische Kriegsgefangenschaft geraten, nur knapp 6.000 kamen zurück. Pawel war einer der wenigen Glücklichen. Roswitha päppelte ihren Mann in den Monaten nach seiner Rückkehr mit allem auf, was sich auf den Kohl- und Rübenfeldern der Bauern finden ließ und was sie sich vom Munde absparen konnte. Es dauerte nicht lange und das Paar fand in seine alten Rollen zurück. Zwar hatten Roswitha und Magdalena die Familie durch die schwerste Zeit nach dem Krieg gebracht, aber nun war der Mann zurück im Haus.

Der Vater sprach nicht viel, wenn, dann brüllte er. Kein Wort verlor er über die Front oder die Gefangenschaft. Nach außen hin hatte er keine sichtbaren Verletzungen außer zwei erfrorene Zehen, weswegen er humpelte. Er trank und die Kinder lernten schnell, dass es besser war, ihm zu gehorchen. Wenn sie es nicht taten, setzte es eine Tracht Prügel. Nur abends, wenn Pawel mit den anderen Männern beim Schnapsbrennen zusammensaß, sprachen sie leise über den Krieg. Jürgen folgte seinem Vater oft heimlich und versteckte sich in einer dunklen Ecke. Hier lauschte er den Erzählungen der Männer und bestaunte die kupferglänzenden Kessel.

1948 bekamen Jürgens Eltern die Wohnung in Gröpelingen zugewiesen. Und Pawel, kriegsversehrt zwar, aber intakt genug, um am Band zu arbeiten, konnte ein Jahr später bei Borgward in der Motorenfertigung anfangen, wo er gut verdiente. Trotzdem hatte die Familie es schwer.

„Geht wieder dahin zurück, wo ihr hergekommen seid ihr Polacken", wurden sie ein ums andere Mal beschimpft, wenn sie als Flüchtlinge erkannt wurden. Um nicht aufzufallen, versuchten die Eltern ihren Akzent so gut es ging zu unterdrücken. Und sie änderten ihre Namen. Aus Pawel *Kociak* wurde Paul Koch, aus *Roswitha* Rosemarie, aus *Magdalena* Marianne, aus *Jacek* Jürgen, aus *Marek* Markus, aus *Eugen* Ernst und aus *Jadwiga* Johanna.

Hermann wusste von alldem natürlich nichts. Eigentlich kümmerte es keinen aus seiner Klasse, wenn nicht die Eltern gewesen wären, die zuhause am Abendtisch schimpften, dass „die Polacken" ihnen nicht nur die Unterkünfte und das Essen, sondern jetzt auch noch die Arbeit wegnehmen würden. Henny und Oskar redeten so nicht. Sie hatten zwei Kriege erlebt und waren ausgebombt worden. Sie wussten, was Hunger und der Verlust der Heimat bedeuteten. Vielleicht war Hermann deswegen so unvoreingenommen im Umgang mit Jürgen, der ihm das mit tiefer Freundschaft dankte.

Lankenauer Höft

Der Sommer hielt, was der Juni versprochen hatte. Es blieb heiß und trocken. Vereinzelt gab es Wärmegewitter, die jedoch keine Abkühlung brachten. Jürgen wurde zehn und bekam das blaue Fahrrad aus dem Laden geschenkt.

Fröhlich klingelnd radelte Jürgen durch die Straßen, während Hermann nichts anderes übrigblieb als auf Oskars altem Fahrrad keuchend hinterher zu strampeln. Immer im Blick den bunten Wimpel, den Jürgen am Gepäckträger befestigt hatte, und der lustig hin und her hüpfte, wenn Jürgen den Bordstein hoch- und runterfuhr.

Auf der Straße spielte eine Gruppe von Mädchen mit dem Kreisel. Sie hielten inne und schauten dem Zweiergespann hinterher. Vor dem Grünstreifen knieten die Nachbarsjungen und versuchten einen Pot Murmeln aus einem Erdloch zu befördern. Bei Hermanns Anblick fingen sie an zu lachen.

„Ist wohl eine Nummer zu groß für dich, was Hermann?" spottete einer. Hermann erkannte, dass es Manfred aus der Selsinger Straße war. Bockig warf er den Kopf in den Nacken und rief zurück: „Lach du nur. Mein Fahrrad steht noch bei Dutschke im Keller. Nächste Woche kann ich es abholen."

Das war natürlich gelogen. Also schäumte Hermann und malte sich aus, wie er Manfred bei der nächsten Gelegenheit ein paar auf die Nase geben würde. Jürgen nahm von alldem nichts wahr. Stolz klingelte er die Passanten aus dem Weg, die ihm mit dem Finger drohten. Über die Gröpelinger Heerstraße bogen sie in die Grasberger Straße Richtung Fähranleger. Sie setzten über zum Lankenauer Höft, wo sie schwimmen gehen wollten. Hermann lehnte sich an die Reling und betrachtete das braungrüne Wasser, das in kleinen Wellen sachte gegen die Schiffswand schlug.

„Alles in Ordnung?", fragte Jürgen.

„Hmm!", brummte Hermann.

„Ach komm, mach dir nichts draus was der Manfred sagt. Irgendwann verdienst du ganz viel Geld und dann kaufst du dir den roten Hercules!"

„Hmm!", sagte Hermann wieder.

Jürgen drehte sich um und lehnte sich ans Geländer. Aufgeregt knuffte er Hermann in die Seite. „Guck mal da!", sagte er und wies mit dem Kinn auf eine Gruppe von Mädchen.

Hermann schaute auf die andere Seite des Schiffes. Dort standen vier Mädchen, unter ihnen Lisbeth aus der Parallelklasse. Kichernd drehte sie sich weg als sich ihre Blicke kreuzten.

„Du hast vielleicht kein eigenes Fahrrad, aber die Mädchen mögen dich trotzdem!", griente Jürgen.

„Blödmann!" sagte Hermann und knuffte Jürgen zurück. Sein Ärger war verraucht.

Am Strand ließen sie zuerst Steine über die Weser ditschen. Doch es war zu heiß. Flink zogen sie sich aus. An einem Baum hatte jemand ein Seil befestigt. Mit großem Geschrei schwangen sie sich über den Fluss und ließen sich in das tiefe Wasser plumpsen. Hermann war ein guter Schwimmer und kraulte raus zur Mitte des Flusses. Oskar hatte ihm schon früh Brust- und Kraulschwimmen beigebracht.

Oskar war gebürtiger Berliner. Als Soldat war er bei der Preußischen Armee und hatte dort die Köpenickiade erlebt, zumindest behauptete er das. Demnach war er gerade mit seinen Kompagnons auf dem Weg zum Schwimmtraining in der Müggelspree als sie von einem Hauptmann nach dem Weg zum Köpenicker Rathaus gefragt wurden. Ein ganzer Zug begleitete den Hauptmann schließlich dorthin. Der Hauptmann besetzte das Rathaus und raubte die Staatskasse. Wie sich später herausstellte, war der Hauptmann jedoch gar kein Hauptmann, sondern ein verkleideter Schuster. Der Streich ging als Köpenickiade in die Geschichte ein und die junge Republik lachte über die obrigkeitshörigen Beamten und Soldaten.

Bei Oskars Geschichten wusste man nie so recht, was Wahrheit und was Legende war. Er erzählte so allerlei Seemannsgarn. Doch meistens enthielten seine Geschichten einen Kern von Wahrheit, den er mit Spinnereien auszuschmücken verstand. Doch ganz gleich, ob die Geschichte wahr war oder nicht, Oskar war ein hervorragender Schwimmer. Er konnte länger tauchen und die Luft unter Wasser anhalten als alle anderen Menschen, die Hermann kannte. Und er konnte im Handstand die Treppe hoch- und runterlaufen.

Mit ein paar kräftigen Armzügen schwamm Hermann weit raus. Er drehte sich auf den Rücken und ließ sich treiben. Mit den Ohren unter Wasser nahm er die Geräusche vom Strand nur gedämpft wahr. Er hatte das Gefühl, zu schweben und fing an zu träumen. Eines Tages würde er richtig viel Geld verdienen. Dann würde er sich ein eigenes Fahrrad kaufen und jeden Tag einen anderen Anzug anziehen mit Oberhemd, Krawatte und einem Hut mit dem richtigen Kniff und allem, was dazu gehörte. Da platschte ein Ball neben Hermanns Kopf auf und holte ihn unsanft in die Realität zurück.

„He du Drömelkopp, komm her! Wir brauchen dich hier!", rief Jürgen, der tropfnass am Ufer stand und lachte.

Onkel Hans

Der Sonntag war der langweiligste Tag der Woche. Morgens um neun fuhr Jürgen geschniegelt und im schneeweißen Hemd zur katholischen Messe in die Stadt. Erst zur Mittagszeit kam er wieder zurück und musste dann erst einmal mit der Familie essen, bevor er sich mit Hermann treffen durfte.

Hermann saß beim Frühstück und stippte seinen Zwieback in die warme Milch. Danach trottete er raus auf den Innenhof. Am Vorabend hatte es noch ein Gewitter gegeben und sein Fußball, der diesen Namen nicht wirklich verdiente, hatte sich mit Regenwasser vollgesogen. Der Ball war kein echter Lederball, sondern ein aus Lumpen zusammengenähter Klumpen und vom Regen so schwer und nass, dass er nach jedem Schuss gegen die Hauswand tief schmatzend auf den Boden fiel und auf der Stelle liegen blieb. Zu schwer, um weiterzurollen. Hermann entwickelte den Ehrgeiz, das gesamte Regenwasser aus dem Ball herauszutreten. Wieder und wieder trat er den Ball gegen die Hauswand und hatte nur die dunklen Flecken im Blick, die der Ball auf der hellen Mauer hinterließ. Er war so konzentriert, dass er die herannahenden Schritte nicht hörte.

Plötzlich wurde er am Nacken gepackt und rumgerissen. „Ich habe gesagt, du sollst aufhören", brüllte Hans ihn an.

Hermann blickte in das hassverzerrte Gesicht seines Onkels. Die Zähne gefletscht, die Augen zu Schlitzen verengt, aus dem Mund flogen Speichelfetzen. Noch nie hatte Hermann so etwas Hässliches gesehen. Und dann schlug Hans mit voller Wucht zu. Hermann hörte das Brechen seiner Nase. Es folgte ein kurzer heftiger Schmerz, er strudelte in ein tiefes schwarzes Loch. Bewusstlos fiel er auf den Boden. Hans warf sich auf den erschlafften Körper seines Neffen und drosch auf ihn ein.

Henny eilte in den Innenhof und versuchte, Hans wegzureißen. „Bist du verrückt geworden! Hans, Hans!"

Blind vor Wut schlug Hans nach seiner Mutter und traf sie mit dem Handrücken im Gesicht. Henny stieß einen spitzen Schrei aus. Da kam Oskar angerannt. Er warf sich auf seinen Sohn und umschlang ihn mit seinen langen Armen. Hans raste und brüllte und versuchte, sich aus dem Klammergriff zu befreien, doch Oskar hielt ihn fest. Widerwillig beruhigte sich Hans und hörte auf, um sich zu treten und zu schlagen. Keuchend verharrten Vater und Sohn auf dem Boden.

„Lass mich los!" zischte Hans und stieß seinen Vater weg. „Die kleine Kröte hat selbst schuld!"

Dann ging er weg, als ob nichts geschehen sei. Henny duckte sich intuitiv und Oskar trug den bewusstlosen Hermann ins Haus.

„Mein Junge, mein lieber Junge!" Oskar weinte. Er legte Hermann in sein Bett. Henny kam nach, stumm, verstört. Als sie Hermanns entstelltes Gesicht sah, besann sie sich und holte eine Schüssel mit kaltem Wasser aus der Küche und einen Waschlappen. Hermanns Nase war geschwollen und rot. Als Hermanns Augenlider sich flatternd öffneten, sah er seine Großmutter zittern.

„Hermann bitte, du darfst den Hans nicht reizen!" flüsterte sie.
„Aber Oma, was habe ich denn getan? Ich habe doch nur gespielt!" Hermanns Augen brannten, er

fing an zu weinen. Seine Haut spannte und schmerzte. „Ich glaube, meine Nase ist gebrochen. Es tut so weh. Ich kriege keine Luft."

„Bitte versprich mir Hermann, dass du Hans aus dem Weg gehst. Wir können dich nicht beschützen", sagte Henny leise. Sie tauchte den Lappen ins Wasser und kühlte Hermanns Gesicht. Am Abend holte Oskar Doktor Klamroth.

„Ich kann nicht versprechen, dass die Nase wieder gerade wird. Dafür haben sie zulange gewartet. Was ist denn überhaupt passiert?" fragte der Arzt.

„Hermann hat Fußball gespielt und ist mit dem Gesicht auf einen Pflasterstein gefallen", log Henny.

„Aha", sagte Doktor Klamroth und zog die Augenbrauen hoch, unschlüssig, ob er der Geschichte Glauben schenken sollte oder nicht. Er entschied sich für ersteres, bandagierte Hermanns Nase und verließ die Wohnung.

Im Bett hörte Hermann wie sich Henny und Oskar heftig stritten. Das geschah nicht oft. Oskar brüllte und seine Großmutter weinte. Zu erschöpft, um sich darüber zu wundern, schlief er ein.

Seine Nase heilte ohne Komplikationen. Nur wer genau hinsah, bemerkte, dass sie etwas schief war. Hans tat so, als sei nichts geschehen. Doch Hermann war seit dem Vorfall noch mehr auf der Hut und ging Hans so gut es ging aus dem Weg. Er war froh, dass Hans die meiste Zeit im Boxclub oder in der Kneipe verbrachte. Von ihm aus konnte er bleiben, wo der Pfeffer wuchs und Hermann schwor sich, niemals solch ein Saufbold wie Hans zu werden.

Auch nach den Ferien blieb es warm. Die Hitze staute sich im Klassenraum und die Schüler brüteten über den Mathematik-Aufgaben. Kopfrechnen war Hermanns Stärke und meist ging er als Sieger aus der Mathe-Olympiade hervor, die sich Lehrer Cordt Hansen für sie ausgedacht hatte. Hierbei traten immer zwei Schüler im direkten Stechen gegeneinander an. Wer als erster die Rechenaufgabe im Kopf gelöst hatte, durfte stehenbleiben und sich mit seinem nächsten Herausforderer messen. Eines Nachmittags bat Hansen den Jungen nach dem Unterricht zu sich nach vorne.

„Hermann, sag mal, wer übt mit dir zu Hause Rechnen?"

„Keiner", antwortete Hermann wahrheitsgetreu.

„Hmm." Hansen strich über seinen Schnäuzer. „Deine Eltern leben nicht mehr, richtig?"

„Ja, das ist richtig." „Und du wohnst bei deinen Großeltern?", fragte Hansen.

„Ja."

„Gut, dann richte ihnen bitte aus, dass ich sie sprechen möchte. Sagen wir nächste Woche Dienstagnachmittag?"

Hermann durfte in der Küche bleiben, als der Lehrer kam. Herr Hansen setzte sich auf die Bank und wartete während Henny ihm Kaffee in die Tasse goss. Freundlich nickte er Hermann zu, der nervös auf seiner Unterlippe kaute. Henny und Oskar setzten sich Hansen gegenüber an den Tisch.

„Der Junge hat doch nichts angestellt, hoffe ich?" eröffnete Henny das Gespräch.

„Nein, um Gottes Willen, nein!" Herr Hansen hob beschwichtigend die Hände. „Im Gegenteil. Ich bin wegen etwas anderem hier. Die Prüfung für die höhere Schule steht an und ich wollte fragen, ob sie Hermann dafür anmelden wollen."

„Welche Prüfung?", fragte Henny.

„Die Prüfung nach der Grundschule. Sie können Hermann natürlich die vollen sechs Jahre in der Grundschule lassen, aber ich glaube, der Junge könnte jetzt schon wechseln. Ein Versuch wäre es wert. Er ist sehr gut im Rechnen und seine Diktate sind tadellos." Hansen blickte die Eheleute erstaunt an. „Wussten Sie das gar nicht?"

„Ja, doch, schon…" stotterte Henny. „Aber da sagen Sie was Herr Hansen! Ehrlich gesagt, haben wir uns darüber noch gar keine Gedanken gemacht."

„Haben Sie denn noch gar nicht darüber gesprochen, was Hermann später einmal machen könnte?", fragte Hansen.

Henny schaute zu Hermann. „Nun ja. Wir dachten, dass er die Volksschule zu Ende bringt und dann in die Lehre geht. Maler, Schlosser, irgendwie sowas."

„Nun", sagte Hansen „es ist natürlich Ihre Entscheidung. Ich möchte nur, dass Sie wissen, dass Hermann auch aufs Gymnasium gehen könnte. Und wenn Sie es ihm ermöglichen können, würde ich Ihnen empfehlen, das zu tun!"

Als Hansen weg war, sah Henny Hermann nachdenklich an. „Ach min Jung, was sollen wir nur mit dir machen, was soll nur aus dir werden?" sagte sie und strich ihm über den Kopf.

„Na wat schon?", sagte Oskar ärgerlich. „Wenn der Junge tüchtig ist, kann er alles werden. Vielleicht kann er sogar mal studieren?"

„Und wer soll das bezahlen?", fragte Henny. „Du hast doch gehört, was Hannah gesagt hat. Bis der Junge 14 ist, zahlt sie für ihn. Danach muss er für sich selber aufkommen."

Hermann war das nur recht. Er wollte möglichst schnell sein eigenes Geld verdienen und nicht mehr abhängig sein vom Wohlwollen anderer. Und bald wusste er auch schon, womit er sein Geld verdienen wollte.

Stapellauf des Frachters Werratal

Im Potsdamer Abkommen 1945 hatten sich die Alliierten auf ein Schiffbau- und Flugzeugbau-Verbot für die Deutschen geeinigt. Das Verbot traf Bremen hart und Bremens Bürgermeister Wilhelm Kaisen nutzte jedes Treffen mit der amerikanischen Militärregierung und der deutschen Bundesregierung, um auf eine Aufhebung des Verbots zu drängen.

„Bremen kann seine Wirtschaftskraft nur aufrechterhalten, wenn Schiffe gebaut werden und Schifffahrt betrieben werden darf", wiederholte Kaisen wie ein Mantra in den Gesprächen mit den Amerikanern und Adenauer.

Letztlich konnten die Amerikaner ihre Augen nicht vor den Nöten der hungernden deutschen Bevölkerung verschließen. Im März 1949 gab es eine erste Lockerung und kleinere Schiffe wie Fischdampfer durften gebaut werden. Ein halbes Jahr erzielte der deutsche Bundeskanzler Konrad Adenauer das Ende der Demontagen der Schiffswerften und die Bremer Werft A.G. Weser erhielt die Erlaubnis, Schiffsreparaturen durchzuführen. So kam Oskar, da schon fast 60 Jahre alt, noch einmal als Betriebsmaler in Lohn und Brot.

Kaisen gab sich damit jedoch nicht zufrieden und drängte auf weitere Verbesserungen. 1950 flog er nach Washington, wo die westalliierten Außenminister der Vereinigten Staaten, des Vereinigten Königreichs und Frankreichs – Dean Acheson, Ernest Bevin und Robert Schuman – zusammengekommen waren, um über den Wiederaufbau Deutschlands zu beraten. Er bat um Vorlass und sprach direkt beim französischen und britischen Außenminister sowie Acheson Staatssekretär Foster Dulles vor.

„Die Menschen müssen arbeiten, um sich durchbringen zu können. Wir müssen Nahrung importieren, uns fehlen die Agrargebiete des Ostens. Millionen Flüchtlinge haben wir aufgenommen und in diesem brodelnden Kessel des ausgemergelten Landes soll eine Demokratie aufgebaut werden? Ziel des Marshall-Plans ist es, dass alle Länder am Wettbewerb teilhaben sollen. Wie soll das gelingen, wenn wir einen großen Teil der Gelder für Frachtkosten aufbringen müssen?"

Kaisen sprach kein Englisch. Doch bei jedem seiner Sätze ließ er die Faust auf die Tischplatte sausen. Kaisens Anliegen fand Gehör. Im April 1950 erhielt die A.G. Weser die Genehmigung für den Bau neuer Export- und Handelsschiffe. Der Frachter Werratal war der erste Neubau, der am 10. Mai 1952 in Bremen vom Stapel lief.

„Henny, mach dich fein du flotte Deern! Wir gehen jetzt aus!" Vor lauter Freude gab Oskar seiner Frau einen kräftigen Klaps auf den Hintern, nur um im nächsten Moment zu fluchen: „Wo zum Teufel ist mein guter Anzug?"

„Nun mal sachte Oskar. Schau doch erst einmal in den Schrank, bevor du schimpfst! Er ist da, wo er immer ist. Aber guck erst einmal, ob auch keine Mottenlöcher drinne sind!" antwortete Henny.

„Was ist denn los Opa?" fragte Hermann. Er studierte die Fußballergebnisse im Sportteil der Zeitung und blickte seinen Opa verwundert an.

Oskar tippte auf die Titelseite des Weser Kuriers. „Heute läuft die Werratal vom Stapel."

Hermann sprang von seinem Stuhl auf. „Stimmt ja, hätte ich beinahe vergessen. Ich sag schnell Jürgen Bescheid!" Er rannte los, um seinen Freund zu holen.

„Warte Hermann, du musst dir noch was Vernünftiges anziehen!", rief Oskar ihm hinterher, doch Hermann hörte ihn schon nicht mehr.

Die Sonne strahlte und aus allen Ecken strömten die Gröpelinger zum Helgen. Keiner wollte das Großereignis verpassen. Gleich drei Motorfrachter hatte die Hamburger Reederei J.A. Reinecke bei der A.G. Weser bestellt. Heute sollte der erste getauft werden.

Henny, Oskar, Hermann und Jürgen reihten sich in die Menschentraube ein. Es ging nur schleppend voran, also beschleunigten Hermann und Jürgen ihre Schritte und verloren Henny und Oskar aus den Augen. Schon von weitem sahen sie den Frachter in der Sonne glänzen. Die Ankerketten zierten in hübschen Bögen den Schiffsrumpf. „Wie die Halskette von

Tante Hannah", dachte Hermann. Er fühlte sich gelöst und beschwingt zugleich. Stolz, dass sein Großvater auf der gleichen Werft arbeitete, die dieses Schiff gebaut hatte.

Der Wind wehte leicht. Gemächlich bauschte sich die Bremer Speckflagge auf. Es herrschte eine ruhige, erwartungsfrohe, fast schon andächtige Stimmung. Neben den Hunderten Schaulustigen waren der Bremer Senat, der amerikanische Landeskommissar Charles Richardson Jeffs, Vertreter der Gewerkschaften und der Bundesregierung sowie eine Delegation der Hamburger Reederei erschienen. Hermann hörte den Ausführungen des technischen Werftleiters konzentriert zu. Anfangs sei der Neubau eine Herausforderung gewesen. Walzmaterial war knapp, Hallen und Hellinge noch nicht ausgestattet. Doch sie hatten es geschafft. Hermanns Wangen glühten vor Aufregung. Er blickte nach hinten und sah seinen Großvater winken. Er freute sich und winkte zurück. Oskar kämpfte sich gemeinsam mit Henny zu ihm durch.

Leicht verärgert bemerkte Oskar, dass der Taufpate ein Mann war. „Wie kann man nur so ignorant sein. Taufpate muss immer eine Frau sein, sonst bringt das Unglück!", grummelte er.

„Oskar, nun hab dich nicht so. Du immer mit deinem Aberglauben", schimpfte Henny.

„Das ist kein Aberglaube, das ist Tradition!", konterte Oskar und reckte seinen dürren Hals.

Hermann lachte. Ihm war es gleich, ob ein Mann oder eine Frau das Schiff taufte. Normalerweise oblag diese Ehre sowieso dem Auftraggeber und seinen Angehörigen, doch in dieser historischen Situation hatte der Reeder dem Bremer Wirtschaftssenator den Vortritt gelassen. Hermann Apelt schleuderte die Sektflasche kräftig gegen die Bordwand. Das Glas zerschellte, der Sekt schäumte und als ob das Schiff zu wissen schien, dass der heutige Tag, der Sonnenschein und der Auflauf am Kai einzig und allein ihm galten, glitt es erst langsam, dann immer schneller und unter lauten „Hurra"-Rufen von der Helge ins Wasser.

Beim Eintauchen löste das Schiff eine Bugwelle aus, die gegen die Kaimauer klatschte. Das Schiff glitt weiter raus. Die Ankerketten ratterten runter und gruben sich in den sandigen Weserboden ein. Die Pressefotografen rannten dem Schiff hinterher. Hermann hörte noch, wie jemand „Achtung!" rief und dann sah er schon die Welle. Ihm stockte der Atem. Die Welle erfasste eines der Schlepperboote, in dem einer der Zimmermänner saß. Es kenterte. Die Menge schrie vor Schreck auf. Doch da tauchte der Mann nach Luft japsend wieder aus dem Wasser auf. Die Haare hingen ihm in der Stirn. Und auch die Fotografen, von denen die vorwitzigsten zu weit vorgelaufen waren, waren pitschnass. Diejenigen, die ihre Kamera um den Hals getragen hatten, hatten noch Glück gehabt. Die anderen hatten ihre Kamera verloren. Als jedoch klar war, dass nichts Schlimmeres passiert war, brachen die Menschen in schallendes Gelächter aus. Und auch Hermann, Jürgen, Henny und Oskar prusteten los.

„Das haben sie nun davon", sagte Oskar selbstzufrieden. „Ich sach doch, Taufpate muss immer eine Frau sein!"

Hermann war in diesem Augenblick unbändig stolz auf seine Stadt und sein Viertel. Und endlich wusste er, was er wollte. Er wollte mit seinen Händen etwas erschaffen. Etwas bauen, das man sehen, greifen und bewundern könnte. Er wollte Schiffbauer werden.

Zwischen Tabak und Bananen

Mit Ende der Volksschule trennten sich die Wege von Jürgen und Hermann. Jürgen ging auf Wunsch seiner Eltern aufs Gymnasium, Hermann bewarb sich bei der A.G. Weser.

Zum Vorstellungsgespräch zog er einen alten Anzug von Hans an und band die schwarze Krawatte um, die Oskar bei der Beerdigung von Sophie getragen hatte. Obwohl Henny ihm den Anzug angepasst und umgenäht hatte, schlackerte er an Hermanns schmalen Körper.

Das Vorstellungsgespräch fand im Verwaltungsgebäude statt. Oskar bot Hermann an, ihn zu begleiten,

doch Hermann wollte es alleine schaffen. Niederge-
schlagen kehrte er vom Gespräch zurück. Oskar fegte
gerade den Innenhof und sah, wie Hermann durch
den Hausflur nach oben huschen wollte.

„Hermann? Bist du schon wieder zurück?" Dankbar für die kurze Pause, stützte sich Oskar auf dem
Besenstiel ab. Seine Knochen fühlten sich an, als ob
sie auf Schmirgelpapier sitzen würden.

Hermann stöhnte. Mit mürrischem Gesicht trat er
hinaus.

„Wie ist es gelaufen?" fragte Oskar freundlich.

„Nicht gut!", sagte Hermann bitter. „Die haben gesagt, dass ich zu mickrig bin für einen Schiffbauer."

„Tja", sagte Oskar und blickte seinen Enkel von unten nach oben an. Der Anzug hing trotz Hennys Be-
mühungen wie ein Kartoffelsack an Hermanns Körper. Er kratzte sein Kinn. „Das stimmt. Als Schiffbauer musst du schwere Sachen tragen können."

Hermann hob empört den Kopf. „Und sie haben gefragt, ob ich nicht lieber in der Buchhaltung arbeiten
möchte, weil ich so gut im Kopf rechnen kann!"

„Ja, aber das ist doch eine gute Sache, das Beste, was
dir passieren kann. Du sitzt im warmen Büro,
brauchst keine Angst vor Unfällen zu haben, verdienst gutes Geld", mischte sich Henny ein.

„Ich will aber nicht im Büro sitzen. Ich will Schiffe
bauen!" Hermann lief vor lauter Ärger rot an. Er
zerrte an der geliehenen Krawatte, die ihm die Luft
abschnürte.

Oskar stellte den Besen beiseite und zeigte auf die Bank. „Komm Junge, wir setzen uns hin."

„Ich will nach oben!"

„Setz' dich hin und hör mir zu. Ich habe eine Idee. Wir fragen den Edgar. Der arbeitet am Hafen. Die brauchen immer neue Leute. Dann hilfst du ein bisschen beim Packen und Stapeln und kriegst ein paar Muckis. Und nächstes Jahr versuchst du es einfach noch einmal bei der A.G. Weser."

„Warum sollten die mich ausgerechnet am Hafen nehmen? Die brauchen dort doch erst recht kräftige Männer, die anpacken können!"

„Lass mich das mal machen!" Und an Henny gewandt sagte Oskar: „So Henny, und du kochst unserem Jungen mal was Anständiges zu essen. Und sei nich' so knickerich mit dem Fleisch!"

Bereits die Woche darauf konnte Hermann am Hafen anfangen. Henny weckte ihn frühmorgens um 6 Uhr für seine erste Schicht. Hermann aß ein Butterbrot und trank Kaffee mit Milch und Zucker. Um 6.45 Uhr sollte er Edgar vor dem Hafenhaus treffen. Der Weg war nicht weit, Hermann konnte mit Oskars Fahrrad fahren. Er radelte über die Gröpelinger Heerstraße hin zur Hafenrandstraße. An der Straßenbahnhaltestelle stieg ein Tross Arbeiter aus, die ihre Lungen erst einmal kräftig freihusteten. In der Luft roch es nach Tabak, Kaffee und Fischmehl. Hermann rümpfte die Nase. Er kannte den Geruch. Je nach Windrichtung zog er an manchen Tagen bis zu ihnen nach Hause, aber so intensiv wie jetzt hatte er ihn noch nie wahrgenommen. Vielleicht lag das aber auch an der frühen Uhrzeit. Edgar wartete bereits auf ihn. Er stand angelehnt an dem roten Backsteingebäude und zeigte auf den Zaun vor dem Hafenhaus.

„Hermann, moin! Du kannst dein Rad da vorne abstellen."

„Moin!" sagte Hermann und weil er sich besonders gut präsentieren wollte, schüttelte er dem Älteren die Hand.

„Ja, ja, lass man gut sein. Du kommst heute in meine Kolonne, ab morgen musst du selber zusehen, wo du eingeteilt wirst. Treffpunkt ist um 6.30 Uhr hier am Hafenhaus. So, und nun komm mal mit! Wir machen heute Apfelsinen. Da ist gerade eine größere Ladung aus Spanien angekommen!"

Hermann eilte Edgar hinterher und schaute sich um. Unzählige Schiffe aus Übersee hatten im Hafen festgemacht. Sie hatten vor allem Tabak, Baumwolle, Kaffee und Früchte geladen. Daneben tummelten sich Schlepper, Schuten und kleine Festmacherboote. Vor einem spanischen Schiff blieb Edgar stehen. Er wies Hermann seinen Platz zu und dann ging es los. Große schwielige Hände reichten ihm eine Holzkiste an, danach folgte die nächste und wieder die nächste, bis Hermann aufhörte zu zählen.

Nach einer halben Stunde schmerzten Hermanns Hände von dem rauen Holz, seine Schultern brannten von der Last der Kisten und er musste pinkeln. Doch Hermann biss sich auf die Zähne und packte weiter mit an. Seine Hände klebten vom Saft der Apfelsinen, die matschig geworden waren und deren Saft durch die Ritzen der Holzkisten drang.

Während die Männer die Ladung löschten, erzählten sie sich Geschichten. Walter, ein hagerer trockener Kerl, berichtete wie er im *Golden City* mit einem malaysischen Seemann aneinandergeraten war. Der Malaysier hatte Anspruch auf die Frau erhoben, mit der Walter gerade flirtete. Ein Wort gab das andere bis Walter seinem Kontrahenten einen Kinnhaken verpasste.

„Und dann kam der Wirt, packte diesen kleinen Malaysier einfach am Nacken wie so ein Kaninchen und schmiss ihn raus auf die Straße. Durch die Pendeltüren durch, wie in einem Western. Das hättet ihr sehen sollen, wie der geguckt hat! Der macht sich an keine fremde Frau mehr ran! Und geschimpft hat der, wie ein Rohrspatz!" grinste Walter.

Die anderen lachten. Der Wirt im *Golden City* war bekannt dafür, dass er hart durchgriff, wenn es Ärger gab und immer packte er die Seeleute heftiger an als die Hafenarbeiter. Als Hermann Edgar fragte, warum das so sei, zuckte der nur mit den Schultern und sagte: „Der Hafenarbeiter kommt im Zweifel wieder, die Seeleute nicht, so ist das nunmal."

Um 9 Uhr war die erste Pause. Edgar nahm Hermann mit in die Anbiethalle. Hier gab es schon frühmorgens warmes Essen. Edgar und die anderen aus der Kolonne bestellten sich ein krosses Brötchen mit Bockwürstchen. Hermann hatte nichts dabei. Als Edgar das sah, kaufte er ihm auch ein Wurstbrötchen und drückte es ihm in die Hand.

„Hier Junge, hast ordentlich gearbeitet!"

Glücklich biss Hermann in das knusprige, helle Brötchen mit der warmen würzigen Wurst. Danach ging es weiter. Sobald eine Palette voll war, brachten die Männer sie mit Handkarren in die Schuppen, wo die Küper der Kaufleute bereits ungeduldig darauf warteten, die Ware zu begutachten. Größere Lasten luden sie in kleine Eisenbahnwaggons. Mittags um 12 Uhr gab es eine zweite Pause und um 15.30 Uhr war Feierabend.

Jeden Morgen fand sich Hermann um 6.30 Uhr vor dem Hafenhaus ein und wartete auf seine Zuteilung. Er schichtete Tabakballen um Tabakballen und Kaffeesack um Kaffeesack auf die Paletten. Mehr als einmal beobachtete er, wie einige Arbeiter Zigaretten und Kaffeebohnen aus den Ladungen abzwackten und in ihren Taschen verschwinden ließen.

„Kaffee für zuhause und Zigarette für die Pause", zwinkerte Günni und bot Hermann Kautabak an. „So hast du imma eine Hand frei!", sagte er und schob sich den Priem in die Wangentasche.

Hermann winkte ab. Er mochte keinen Kautabak, wobei er sich mittlerweile an den Geruch gewöhnt hatte. Am schlimmsten war allerdings das Obst. Entweder war es matschig und gärte vor sich hin oder es krabbelte einem ein exotisches Tier entgegen, das versehentlich in einer der Kisten mitgereist war. Selbst gestandene Männer sprangen aufgeschreckt zur Seite, wenn eine dicke schwarze Spinne in Lauerposition in einer Bananenstaude hockte. Eine Bananenstaude wog bis zu 40 Kilogramm. Hermann trug sie ohne zu Murren.

„Nicht, dass du noch einen Plünnenbuckel kriegst!", sorgte sich Henny. Viele der Hafenarbeiter bekamen mit den Jahren einen krummen Rücken, doch Hermann wusste nicht, wie er es sonst schaffen sollte, die Bananen auf die Waage des Küpers hochzuhieven. Ächzend holte er Schwung und schleuderte die Früchte auf die Waagschale.

„Pass doch auf! Wenn da Druckstellen drankommen, können wir die nicht mehr verkaufen!", herrschte ihn der Küper an. Der Küper, gerade mal ein paar Jahre älter als Hermann, sah den Jungen aus bös' funkelnden Augen an. Die Küper waren die rechte Hand der Kaufleute, sie zählten und wogen die Ware und nahmen Proben, waren sich selbst aber

zu fein, die Stauden, Säcke, Kisten und Ballen anzu-
heben.

„Heb das nochmal hoch, damit ich mir das ansehen
kann", sagte er barsch.

Hermann wollte ihm am liebsten etwas Unflätiges
entgegnen, war aber zu müde und hielt vorsichtshal-
ber den Mund. Er drehte die Bananenstaude um.

Der junge Mann inspizierte sie eingehend und befühlte die Schalen der obenliegenden Bananen.

„Ist in Ordnung" grummelte er und schickte Hermann los, die nächsten Bananenstauden zu holen.

Trotz des rauen Tons war Hermann fasziniert von
der Welt des Hafens. Die körperliche Arbeit machte
ihm von Tag zu Tag weniger aus. Abends fiel er erschöpft, aber zufrieden ins Bett. Dann dachte er an
die Geschichten, die die Männer sich in den Pausen
und während der Arbeit von der Küstenstraße erzählten. Einige raunten die Namen der Etablisse-
ments nur und die anderen nickten wissend. Der Ge-
danke, dass es dort Frauen gab, die für Geld mit fremden Männern schliefen, ließ ihm keine Ruhe. Eines
Nachts beschloss er, sich das Ganze einmal selber anzusehen. Am nächsten Morgen begab er sich früher
als sonst auf den Weg zur Arbeit. Doch anstatt geradeaus durchzufahren, bog er links in die Nordstraße
ab und radelte ein Stück hoch. Er war aufgeregt. Sein
Herz klopfte und ausgerechnet jetzt musste er auf die
Toilette. Er fuhr langsamer. Eine Bar nach der anderen reihte sich an der Küstenstraße und dann sah er

sie. Müde sahen sie aus und zerzaust. Sie saßen auf Stühlen vor den Bars und hielten Zigaretten und Kaffeetassen in der Hand. Einige von ihnen trugen nur einen Morgenrock. Eine dickleibige Brünette mit rot geäderten Wangen blickte den Jungen auf dem Fahrrad aus ihren dicken geschwollenen Augen amüsiert an.

„Nä, wat süß! Büschen früh, wa? Oder hast du noch einen Ständer von heute Morgen?"

Laut und scheckig lachte sie auf. Die anderen Frauen stimmten mit ein. Hermann erschrak. Er spürte, wie ihm das Blut in den Ohren rauschte und die Röte ins Gesicht stieg. Er kehrte auf der Stelle um und fuhr schnell weg, ohne sich noch einmal umzudrehen. Hermann wusste nicht mehr, wo er war, doch er meinte, das Lachen noch immer zu hören. Endlich fand er einen Tunnel, der ihm den Weg zum Hafen wies. In dem Tunnel stank es nach Urin und Erbrochenem. Hermann fuhr mit angehaltener Luft durch.

Sein Herz pochte noch immer, als er bei der Arbeit ankam. Er genierte sich, dass er die Nerven verloren und sich von dem Spruch der Prostituierten so sehr hatte aus der Fassung bringen lassen. Schließlich war er kein kleiner Junge mehr. In der Pause kaufte er sich eine Schachtel Zigaretten. Die erste Packung seines Lebens. Er musste husten als er den ersten Zug nahm und ihm wurde schwindelig vor Augen. Trotzdem rauchte er die Zigarette zu Ende.

An einem der letzten Spätsommertage lud Hermann seine Großeltern zum Essen an die Lesum in Haesloops Sommergarten ein. In dem rustikalen, gehobenen Lokal fühlte Henny sich fehl am Platz.

„Das ist doch nur was für feine Leute", gab sie zu Bedenken und wollte wieder umdrehen, als Hermann auf den mit einem weißen Tischtuch gedeckten runden Holztisch zusteuerte. Von dort aus hatte man einen wunderbaren Blick auf die Lesum und die kleine Schilfbucht.

„Für feine Leute und für uns", entgegnete Hermann gut gelaunt. Er fasste seine Großmutter sachte am Ellenbogen und dirigierte sie durch die Tischreihen durch. Verlegen lächelnd und mit roten Bäckchen nickte Henny nach links und nach rechts. ‚Grüßt man hier die anderen?' fragte sie sich und ließ sich von Hermann den Stuhl zurechtrücken. Zu aufgeregt, um sich selber etwas auszusuchen, überließ sie Hermann die Bestellung. Er wählte für sie roh gebratene Bratkartoffeln mit Spiegelei, Speck und Essiggurken aus.

„Aber das können wir doch auch zuhause haben, das ist hier doch viel zu teuer", wand Henny entrüstet ein, als der Kellner außer Hörweite war.

„Stimmt, aber hier bekommen wir es an den Tisch serviert", sagte Hermann.

Henny zupfte an ihrer Bluse. Sie hatte den Kittel gegen eine weiße Bluse und Rock eingetauscht, trotzdem fühlte sie sich unwohl in ihrer Haut. Kritisch schaute sie ihren Mann an und runzelte die Stirn. Sie spuckte in ihre Fingerspitzen und plättete die Haare, die seitlich an Oskars Kopf abstanden. „So!"
„Menschenskinder, immer musst du an mir rumfummeln", schimpfte Oskar und wehrte ihre Hand ab.

Erst nach dem zweiten Bier entspannte sich Henny. Sie rückte ihren Holzstuhl zurecht, so dass sie sich besser drehen und die anderen Gäste beobachten konnte. Das Publikum war gemischt und gar nicht so etepetete wie sie befürchtet hatte. An den Holztischen unter den Eichen und Linden saßen verliebte Pärchen, die Händchen hielten, und Familien deren Kinder nach dem Mittag noch einen Eisbecher essen durften. Aufmerksam registrierte Henny, dass dies die scheinbar Glücklichen waren, deren Männer und Väter heimgekehrt waren. Auf einmal streifte ihr Auge etwas und sie kicherte los wie ein kleines Mädchen. Die kleinen blassblauen Augen in dem spitzen Gesicht füllten sich mit Tränen vor unterdrücktem Lachen. Sie biss in ihre Hand, um sich zu beherrschen und es war nicht ganz klar, ob Henny lachte oder weinte.

„Henny, was ist mit dir? Sag mal: Bist du etwa an-getütert?" fragte Oskar streng. Also manchmal war ihm seine Frau doch etwas peinlich. Wenn er zuviel trank, war es das eine, aber wenn seine Frau zuviel trank, war es das andere.

„Guck mal. Da drüben…. der Mann mit dem hellen Hut. Der gerade vom Klo wiedergekommen ist", stieß Henny japsend hervor.

„Ja, und?" fragte Oskar ungeduldig. Er reckte sei-nen langen Hals und schaute in die angezeigte Rich-tung, konnte aber nichts erkennen.

Auch Hermann versuchte zu erkennen, was seine Großmutter zum Lachen brachte.

„Da am Fuß. Da hängt noch das Toilettenpapier", gluckste Henny.

„Wo?"

„Na da!" rief sie und prustete los.

Oskar musste mitlachen und auch Hermann konnte es sich nicht verkneifen. Er betrachtete die beiden ihm so vertrauten Menschen wie sie zankten und lachten. Die Welt hatte sich verkehrt. Da saßen Henny und Oskar, die ihn umsorgt und großgezogen hatten, und hier war er, Hermann, der nun fast er-wachsen war und seine Großeltern ausführte. Zum ersten Mal wirkten sie klein und schutzbedürftig auf ihn und Hermann spürte eine ungeahnte Zärtlichkeit in sich aufsteigen.

Saint-Nazaire 1955

Die Stimmung war aufgeheizt. Pierre Guimard kämpfte sich seinen Weg durch die wütenden Arbeiter. Dieser Streik drohte anders auszugehen als der vor zwei Jahren. Die jahrelange Unzufriedenheit gärte. Der Lohndruck durch die ständig wechselnden Fremdfirmen, die Unsicherheit über die Auftragslage brachten den Kessel zum Überlaufen. Pierre redete beruhigend auf seine Kumpels ein, aber er konnte nicht überall sein. Danach konnte keiner sagen, wer eigentlich angefangen hatte, ob einer der Streikenden oder der Pförtner zuerst zugeschlagen hatte, doch auf einmal gab es eine Keilerei. Fäuste flogen, dann Glasflaschen. Einige begannen die Absperrungen niederzureißen. Das war der Augenblick, in dem Pierre auf die Ladefläche des Transporters sprang und nach dem Megaphon griff. Die Männer waren so verbissen, dass sie ihn erst nicht hörten, bis sie endlich jemand mit dem Ellenbogen in die Seite stieß und in die Richtung des Gewerkschafters wies. Den hohen Tieren vertrauten sie nicht mehr. Weder in der Gewerkschaft noch in der Werft. Doch Pierre war einer von ihnen. Und so hielten sie inne.

Pierre sprach bedacht und ruhig. Er erzählte von seinem Vater, der bereits in den 30er Jahren für die Werft gearbeitet hatte. Wie er noch von Hand die Entwürfe für das Passagierschiff *Normandie* auf dem Schnürboden gezeichnet hatte und sie daraus die Schablonen und die einzelnen Bauteile fertigten.

„Und jetzt, hört mir zu, gibt es wieder Gespräche mit der *Compagnie Générale Transatlantique*, der Reederei, über ein neues Schiff. Noch größer und noch schneller als die *Normandie*. Sagt mir nicht, ihr wollt nicht mit dabei sein! Wollt ihr mit dabei sein?", rief er.

„*Ouais!*", ertönte es langgezogen wie aus einem Mund seiner Kumpels. „Jawoll!"

„Also gut, Männer. Dann lasst uns jetzt nach Hause gehen. Ruht euch aus. Für heute wurde alles gesagt, was es zu sagen gab!"

„*Ouais*", tönte es erneut. Etwas leiser. Und sie gingen zur Halle, um ihre Fahrräder zu holen. Einige steuerten die nächstgelegene Kneipe an, um weiter zu diskutieren. Die meisten aber fuhren nach Hause zu ihren Familien.

Jean-Michel klopfte Pierre auf den Rücken. „Du solltest Vorsitzender werden Pierre. Ich habe es schon immer gesagt."

Pierre hob abwehrend die Hand. Er hasste es im Rampenlicht zu stehen, aber heute musste er einschreiten. Die paar Fremdarbeiter. Als ob deswegen die Werft oder die Stadt den Bach runtergehen würden. Ihr aller Ziel musste es doch sein, wieder eine Werft von Weltrang zu werden, berühmt für die schönsten und modernsten Passagierschiffe der Welt. Die Tanker waren nur die Pflicht. Die Kür kam erst noch. Und die Werft würde dafür jeden einzelnen von ihnen brauchen. Das wusste natürlich auch die

Direktion. Die Löhne würden erhöht werden, dessen war sich Pierre sicher.

„Kommst du noch mit auf ein Glas?", fragte Jean-Michel.

„Lieber ein anderes Mal", antwortete Pierre. „Catherine wartet mit dem Essen auf mich."

„Dann grüß sie von mir. Bis morgen!" verabschiedete sich Jean-Michel.

„Bis morgen, Jean!"

Pierre ging zu Fuß zum Bahnhof Penhoët. Der Bahnhof befand sich direkt im Hafenviertel. Pierre wohnte mit seiner Frau, den zwei Kindern und dem Hund außerhalb der Stadt in der Nähe des Étang du Bois Joalland. Hier fand er die Ruhe, die er brauchte. Baute sein Gemüse an und beschnitt die Obstbäume. Nach dem Abendessen genoss er den weiten Blick von der Terrasse über die Wiese hinter dem Haus. Zufrieden paffte er seine Pfeife. Heute war noch einmal alles gut gegangen. Jetzt mussten sich nur noch die Reederei, die Regierung und die Werft einig werden über die Finanzierung des neuen Passagierschiffes. *France* sollte es heißen, soviel war sicher.

Lehrjahre, Bremen 1955

Fast ein Jahr lang arbeitete Hermann am Hafen. Sein Körper wurde muskulöser. Er wuchs so schnell in die Höhe und Breite, dass Henny Mühe hatte, ihm neue Hosen und Hemden zu besorgen. Die Haare von der

Sonne ausgeblichen, die Haut gebräunt, wirkte Hermann deutlich reifer und älter als noch das Jahr zuvor.

Monat für Monat legte er Geld zurück, bis er genügend für einen Herrenanzug zusammen hatte. Mit 200 D-Mark in der Tasche fuhr er eines Sonnabends mit der Straßenbahn in die Bremer Innenstadt. Die Schaufenster in der Obernstraße waren üppig dekoriert. Beim Herrenausstatter erstand Hermann einen hellbraunen Anzug, eine dunkelbraune Krawatte, Hut und ein weißes Hemd. Lederschuhe hatte er sich schon gekauft. Er beschloss, den Anzug beim nächsten Stapellauf zu tragen.

Nicht immer war es allein das Schiff, das Aufmerksamkeit erregte. Oft waren es die Auftraggeber, schwerreiche Reeder, die sich gegenseitig darin überboten, die größten und teuersten Schiffe bauen zu lassen. Zuletzt hatte der griechische Reeder Aristoteles Onassis sechs Tanker mit je 21.500 Tonnen bei der A.G. Weser bestellt. Zehn hatte er bei den Howaldtswerften in Kiel in Auftrag gegeben, zwei in Hamburg. In immer kürzer werdenden Abständen glitten die Tanker in Bremen vom Stapel, dennoch geriet jeder einzelne Stapellauf zu einem Volksfest. Als Tina Onassis, die Gattin des Reeders, sich zur Taufe des Tankers *Olympic Sky* im April 1955 ankündigte, zog dies über zehntausend Menschen an. Alle hofften, einen Blick auf die feine Dame erhaschen zu können. Die Männer nickten anerkennend als sie ihr hübsches liebliches Gesicht sahen. Die Frauen bewunderten den luxuriösen Pelzmantel. Das Schiff geriet zur Nebensächlichkeit, während die Bilder der Onassis die Illustrierten der Bundesrepublik schmückten.

Im April 1956 bewarb sich Hermann erneut als Schiffbauer bei der A.G. Weser und diesmal bekam er eine Zusage. Mit dem Lehrvertrag vor der Brust kehrte er stolz heim und legte ihn auf den Küchentisch, so dass Henny und Oskar ihn sofort entdecken mussten. Als Henny sah, wieviel Hermann verdienen würde, holte sie die guten Gläser aus dem Schrank und schenkte allen einen Korn ein. „So min Jung, auf dich!"

Hermann verzog das Gesicht nach dem ersten Schluck, leerte aber tapfer das Glas. Wieder und wieder suchten seine Augen die Stelle im Lehrvertrag, die den Verdienst bezifferte. Im ersten Lehrjahr gab es 90 Mark pro Monat, im zweiten 110 und im dritten 135 Mark. Hermann konnte sein Glück kaum fassen, ihm wurde schwindelig bei dem Gedanken, dass er von nun an jeden Monat soviel Geld verdienen würde. Aufgeregt zählte er die Tage bis zum Lehrbeginn. Endlich war es soweit.

Viel zu früh stand Hermann vor dem Werkstor. Die Pförtner hatten ein Nachsehen und ließen ihn durch. So hatte Hermann genügend Zeit, sich auf dem Werftgelände umzusehen. Er spazierte an den Hallen vorbei, aus denen bereits das Nieten und Hämmern dröhnte.

Um sieben Uhr begann die Ansprache für die Neulinge in der großen Werkhalle. Sie waren 15 Lehrlinge. Der Meister begrüßte jeden einzelnen persönlich und wünschte allen eine gute Hand.

Danach übernahm der Lehrgeselle, der sie in den ersten Monaten anleiten sollte. Karl-Heinz Sievers. Ein grummelig-trockener Kerl. Berüchtigt für seine Unnachgiebigkeit. Er wies den Neuen die Plätze in der Lehrwerkstatt zu. Sievers gab jedem von ihnen ein U-Eisen.

„So, meine Herren. Jetzt geht's ans Feilen. Das bringen Sie bitte auf Maß. Schön gerade und rechtwinklig muss es sein. Rechtwinklig? Wissen Sie, was das ist?", fragte Sievers in die Runde.
Zustimmendes Gemurmel antwortete ihm.
„Gut, dann mal los!"
„Kein Problem", dachte Hermann und begann zu feilen. Doch was zunächst als so einfach erschien, erwies sich als überaus kompliziert.

Erst passierte gar nichts. Hermann bewegte die Feile fester und schneller hin und her. Er rutschte ab, fluchte und setzte neu an. Er begann zu schwitzen und merkte gar nicht, wie er sich auf die Zunge biss. Skeptisch blickte er auf sein Eisen. Gerade sah es nicht aus. Also feilte er weiter. Das Stück wurde kleiner und kleiner. Hermann nahm erneut mit dem Auge Maß. Es sah immer noch schief aus. Er schaute sich um, wie die anderen Lehrlinge vorankamen. Alle feilten konzentriert, keiner schien fertig zu sein. Hermann nahm etwas Druck von der Feile und bewegte sie vorsichtig vor und zurück. Als er Sievers kommen sah, verstärkte er den Druck wieder. Sievers betrachtete das Eisenstück und nahm es in die Hand. Hermann hatte das Gefühl, der Geselle müsste sich ein Lachen verkneifen. Schüchtern schaute er Sievers an, der jedoch blickte mit undurchsichtiger Miene auf das Eisenstück:

„Und Westen? Ist das gerade?" Dabei rollte er das „r", so dass es sich wie „*grrrohde*" anhörte.

„Nein!" Hermann presste die Antwort zwischen zusammengekniffenen Lippen hervor.

„Na denn man to!" sagte Sievers und gab Hermann das Eisenstück zurück.

Am Ende des Tages kam Sievers erneut vorbei, prüfte das Eisen und gab Hermann wortlos ein neues Stück. Kurz vor Feierabend musste Hermann seinen Arbeitsplatz aufräumen und den Boden fegen.

„Mist" fluchte Hermann als er mit seinem Mitlehrling Dieter Kühn zum Fahrradständer ging. Auch Kühn hatte es bis zum Ende des ersten Tages nicht geschafft, das U-Eisen auf ein rechtwinkliges Maß zu bringen. „Hast du gesehen, wie der Sievers sich das Lachen verkniffen hat?", fragte Hermann.

„Dieser Gauner. Ich wette mit dir, dass es einen Trick gibt, den er uns nicht verrät!"

Es dauerte vier Wochen, bis Hermann das Feilen verinnerlicht hatte. Jeden Tag gab Sievers ihnen ein neues verhasstes Eisenstück. Sie lernten, welche Feile sie zum Abtragen benötigten, welche sich für den Feinschliff eigneten und welche sie zum Polieren brauchten. Nach und nach kam Hermann dahinter, wie er es anzupacken hatte. Erst trug er mit der Raspelfeile grob das Metall ab, anschließend glättete er die Fläche mit der Feinfeile. Nach diesen ersten vier Wochen konnte Hermann schließlich ein tadelloses gerades und rechtwinkliges Stück vorweisen. Stolz überreichte er es Sievers, der das Eisen in eine Holzkiste mit etwa hundert anderen Winkeln warf.

Nach dem Feilen folgte eine Einführung in Schweißen und Schmieden. Dies gefiel Hermann besonders. Er bekam schnell ein Gespür dafür, wie und bei welcher Temperatur sich die verschiedenen Metalle verformten. Das war wichtig, denn die Metallplatten sollten später die Schiffsaußenhaut bilden und mussten dafür gekrümmt werden. Zwischendurch stellten sie ihre Kenntnisse durch Anfertigen von Werkstücken unter Beweis. Hermann schmiedete eine Garderobe für Henny und Oskars Diele, die er ihnen zu Weihnachten schenken wollte. Er verbog und drehte das Metall so, dass es wie kunstvoll gerankte Blumen aussah und lackierte es schwarz.

Nach einem Vierteljahr war die Grundausbildung in der Lehrwerkstatt beendet. „Meine Herren, Sie haben jetzt die Grundkenntnisse der Metallverarbeitung gelernt. Sie kommen jetzt je nach Lehrberuf in verschiedene Abteilungen", sagte Sievers.

Hermanns erste Station war die Vorfertigungshalle. Hier stellte er kleinere Werkstücke her. Er montierte Filter, Zylinderbuchsen, Zylinderdeckel und andere Maschinenteile. Danach ging es für ihn auf den Schnürboden. Hier lernte er, die Form der benötigten Einzelteile maßstabsgetreu auf dem Holzboden aufzuzeichnen. Die Holzschablonen nutzten sie als Vorlage für die späteren Schiffsbauteile aus Stahl oder Leichtmetall. Die Einzelteile wurden noch in der Halle zu Sektionen zusammengeschweißt. Die fertigen Sektionen kamen dann zum Helgen, wo sie mit anderen Sektionen zusammengeschweißt wurden.

Die großen Sektionen in die richtige Form zu bringen und zu verschweißen, war der größte Kraftakt. Die Männer mussten sich gegenseitig mit den schweren Werkzeugen, Pumpen und Schläuchen helfen. Jeder Lehrling wurde daher einem erfahrenen Schiffbauer zugeteilt. Sievers führte Hermann zu einem noch jungen, aber kräftig aussehenden Gesellen.

„Hermann Westen", stellte Hermann sich vor und streckte die Hand aus.

Der andere musterte den 15-Jährigen. Er selber mochte etwa 19 sein, aber sie waren gleichgroß, beide dunkelblond und braungebrannt. Sie waren vom gleichen Schlag. Nur dass der Ältere muskulöser und insgesamt breiter war. Der Geselle nahm den Zahnstocher, auf dem er gerade kaute aus dem Mund. „Peter Kürten", sagte er und drückte Hermanns Hand kurz und kräftig.

„Westen, die wichtigsten Handgriffe lernen Sie jetzt bei Kürten. Passen Sie auf, was er sagt und macht. Sie müssen quasi mit den Augen und Ohren bei ihm klauen. Und denken Sie dran, Sie müssen sich aufeinander verlassen können. Wenn hier gleich sechzehn Mann das Rohr schleppen, kann es sich keiner erlauben, einzuknicken", mahnte Sievers und ging weiter zum nächsten Lehrling, um ihn seinem Gesellen vorzustellen. Hermann und Peter nickten sich kurz zu und machten sich an die Arbeit.

Peter zeigte Hermann, wie Leitungen gelegt und Rohre verschweißt werden mussten. Die Arbeiten direkt draußen am Schiff gefielen Hermann am besten. Auch wenn es im Winter eisig kalt werden konnte. Dafür war es nicht so laut wie in den Hallen. Es wurde gebohrt, genietet, gehämmert und geschweißt. Und über dem Lärm brüllten sich die Arbeiter Kommandos zu. Größere Metallplatten nieteten sie. So blieb der Stahl geschmeidig und wurde nicht brüchig. Peter schlug mit dem Hammer auf die Nieten, Hermann hielt von der anderen Seite dagegen. Der Hammer sauste auf das Metall und Hermann klangen die Ohren. Instinktiv fasste er sich ans schmerzende Ohr. Als der Vorarbeiter das sah, raunzte er ihn an.

„Beide Hände ans Blech und stell dich mal nicht so verzogen an! Früher war dat noch schlimmer."

Peter nickte Hermann nur zu. In der Pause reichte er ihm ein flauschiges Knäuel Watte. „Hier, habe ich vom Sani bekommen. Stopf dir das in die Ohren." Die Watte half nichts. Noch am Abend hatte Hermann ein Fiepen im Ohr.

Der Lärm war jedoch nicht das Gefährlichste an ihrem Beruf. Eines Tages bekam einer der Zimmermänner ein Stahlblech gegen den Kopf. Er hatte unglücklich unter einem Gerüst gestanden. Der Kranführer hatte ihn zwar noch gesehen, aber das Blech nicht hoch genug abgehoben. Nun lag der Zimmermann schwerverletzt im Krankenhaus. Keiner wusste, ob er jemals wieder zur Arbeit kommen würde. Seitdem stapelten Hermann und die anderen Arbeiter mehrere Lagen Zeitungspapier unter ihren Schlägermützen. Hermann bezweifelte zwar, dass Zeitungspapier dem armen Kerl hätte helfen können, aber das war immerhin besser als gar nichts.

„Die meisten Unfälle geschehen beim Gerüstabbau", erzählte Heiner Bormann beim Essen in der Kantine. „Manni, weißt du noch? Letzten Sommer? Der Heinz war gerade erst aus dem Urlaub zurück."

„Hmm." Manni nickte zustimmend.

„Der erste Arbeitstag nach seinem Urlaub war dat. Dat weiß ich noch ganz genau. Der sollte die Schweißarbeiten im Tank kontrollieren. Gleich morgens als allererstes. Er stieg in die Luke rein und trat ins Leere. Irgendwer hatte die Leiter schon weggeholt. Tja, so'n Pech. 20 Meter war dat tief… *daar weer he to dood kome.*" Und so wie Heiner es auf Plattdeutsch erzählte, klang es nicht ganz so hart.

„Ja, ja, so ist das", sagte Manni. Er zuckte die Schultern. „Pro Schiff ein Toter – mindestens!"

Es war die harte und gefährliche Arbeit, die Hermann und Peter zusammenschweißte. Sie konnten sich aufeinander verlassen und sie verstanden sich ohne viele Worte. Nach der Arbeit spielten sie häufig noch eine Runde Karten. Jürgen schloss sich ihnen an, wann immer es ging. Mit den anderen Gymnasiasten, die lieber Jazz als Rock'n Roll hörten, konnte er nichts anfangen. Die Schule machte ihm auch keinen Spaß.

„Immer nur lernen, lernen, lernen. Ich will auch mein eigenes Geld verdienen. Wie soll ich ein Mädchen kennenlernen, wenn ich meinen alten Herrn um jede Mark anbetteln muss?", klagte Jürgen. Als er hörte, wieviel Peter und Hermann verdienten, verstärkte sich seine Unzufriedenheit.

Hermann zog verwundert die Augenbrauen hoch: „Mensch Jürgen, hör auf zu jammern. Komm doch einfach zu uns!"

„Wie zu euch?"

„Na, als Schiffbauer. Die Werft braucht gute Leute. Du machst erst die Lehre und später den Meister. Ingenieur kannst du dann immer noch werden, wenn du das dann überhaupt noch willst. Mehr Geld verdienst du als Ingenieur jedenfalls nicht", war Hermann überzeugt.

Jürgens Vater war nicht dagegen, dass sein Sohn arbeiten wollte und so begann Jürgen ein halbes Jahr später als Schiffbauerlehrling bei der A.G. Weser.

Nun verbrachten Hermann, Jürgen und Peter nicht nur ihre Freizeit, sondern auch ihren Arbeitsalltag miteinander. Mit seinen mittlerweile 20 Jahren war Peter der Älteste in ihrer Truppe und gab den Ton an. Er erzählte seinen Kumpels gerne und ausführlich von seinen Frauengeschichten und Hermann und Jürgen hörten gebannt zu. Sie waren jetzt 16 und merkten sich jedes Detail: Welche Komplimente eine Frau gerne hörte, wann man wie weit gehen konnte und wie man einen Büstenhalter aufbekam.

„Ihr ladet das Mädchen zum Eis ein und danach geht ihr spazieren. Am besten irgendwohin, wo keine anderen Leute sind. Ein Auto habt ihr ja nicht. Also setzt ihr euch auf eine Parkbank, da könnt ihr vielleicht schon den Arm um sie legen. Ihr müsst dem Mädchen immer erzählen, wie hübsch sie aussieht und dass ihr noch nie so ein schönes Mädchen getroffen habt. Glaubt mir, das wirkt Wunder! Alle wollen sie die Schönste und Einzige sein!", erklärte Peter ihnen mit wichtiger Miene in der Frühstückspause.

„Und dann?", fragte Jürgen.

„Und dann tastest du dich Schritt für Schritt voran. Streichelst erst ihre Hand, wanderst ihren Arm hoch, streichelst ihren Rücken, irgendwann die Schenkel. Wenn sie dich lässt, gehst du noch einen Schritt weiter und küsst sie, dabei schiebst du deine Hand unter den Pullover oder den Rock. Und zack!"

„Und zack!"

Jürgen starrte Peter mit offenem Mund an. Er lechzte nach weiteren Einzelheiten. Und auch Hermann wurde ganz wohlig beim Gedanken an einen warmen üppigen Busen.

Ein heißer Sommer

Montags war Berufsschule. Nachmittags hatten die Lehrlinge frei. Hermann und Jürgen fuhren zum Lankenauer Höft an den Strand. Auf der anderen Seite der Weser hatten sie die Werft im Blick. Hermann hielt sein Gesicht der Sonne entgegen. Jürgen erzählte von Gerda, einem Mädchen, das er noch aus der Schule kannte. Er hatte sie zufällig in der Straßenbahn getroffen. Gerda war in der Ausbildung zur Stenokontoristin. Sie hatte Jürgen erzählt, dass sie und ihre Freundin am Freitag zum Tanzen ins Café Flora gehen wollten.

„Wie sieht sie denn aus?" fragte Hermann, der wusste, worauf Jürgen hinauswollte.

„Bombe! So eine Oberweite." Mit beiden Händen umfasste Jürgen einen imaginären Busen und grinste.

„Und die Freundin?"

„Keine Ahnung, aber lass uns mal in die Flora fahren und die beiden treffen. Peter kann zu Hause bleiben. Nicht, dass er uns noch dazwischenfunkt!"

„In Ordnung. Ich bin dabei", sagte Hermann.

Peter merkte gar nicht, dass die beiden ohne ihn ausgehen wollten, er hatte anderen Kummer. Ein Mädchen namens Annelise hatte es ihm angetan. Seit Tagen redete er von nichts anderem mehr als von seiner neuen Flamme, so dass sich Hermann und Jürgen schon sorgten. Denn meist sprach Peter nur abfällig über seine Eroberungen. Doch diese Frau war offenbar eine heiße Nummer und vollbrachte Kunststücke im Bett, die selbst für Peter Neuland waren und von denen Hermann und Jürgen weder wussten, dass es sie gab, noch wie man sie richtig aussprach. Deswegen zögerten sie nicht, als Peter sie um einen Gefallen bat.

Hermann und Jürgen sollten Peter begleiten und sich um Annelises Freundinnen kümmern, damit Peter freie Bahn hatte. Als es hieß, dass das Treffen in einer Bar an der Küstenstraßen stattfinden sollte, wurde Hermann mulmig zumute. Sie gingen durch den Tunnel, den Hermann damals noch von der anderen Seite betreten hatte. Es roch scharf nach Urin und nach etwas undefinierbar Süßlichem. Der Gestank verschlug ihnen den Atem.

„Das ist der Stinkbüdelmannsgang. Hier gehen die Seeleute durch, wenn sie vom Schiff zu den Damen wollen. Natürlich erst, wenn sie ordentlich getankt haben", grinste Peter.

„Ich hätte mir keinen passenderen Namen ausdenken können. Das ist ja nicht zum Aushalten!" sagte Jürgen und hielt sich die Nase zu.

Hermann versuchte, so flach wie möglich zu atmen. Schweigend folgte er den beiden.

„Wir sind gleich da", versprach Peter.

Rechts neben dem Ausgang vom Tunnel lag die Gaststätte „*Mutti Weiss*". Hermann betete, dass sie nicht hier rein mussten, als die Wirtin vor die Tür trat. Die Alte trug ein hellblaues ärmelloses Kittelkleid, aus das ihre dickfleischigen wabbeligen Oberarme quillten. Sie schüttete einen Eimer Wischwasser aus. Das Wasser spritzte direkt vor ihre Füße und Peter, der damit nicht gerechnet hatte, sprang entsetzt zur Seite. In der Wasserlache schwammen kleine gelbe Brocken.

„Hey Mutti, kannst du nicht aufpassen?", rief er.

„So ein Ferkel", fluchte die Wirtin ohne Notiz von den drei Jungs zu nehmen. „Pinkeln können sie auf'm Klo, warum können sie nicht auch da kotzen gehen?"

Sie schüttelte die letzten Tropfen auf die Straße und ging schimpfend in die Gaststätte rein. Angesäuert säuberte Peter seinen Schuh auf einem Stück Rasen und marschierte weiter. Sie überquerten die gepflasterte Straße. Peter steuerte auf das *Golden City* zu. Hermann kam der Name irgendwie bekannt vor. „Richtig!", dachte er und erinnerte sich an die Prügelei, von der Walter, der Hafenarbeiter, erzählt hatte. Die Schwingtüren sahen tatsächlich so aus wie die von einem *Wild West*-Saloon. Hermann bekam ein flaues Gefühl im Magen.

Obwohl es noch früh am Abend war, war der Laden voll. Matrosen, Hafenarbeiter, sogar ein älterer amerikanischer GI saßen in dem mit Rauch vernebelten Raum. Die meisten hielten ein Glas in der Hand oder tranken Bier aus der Flasche und rauchten. Der GI hatte eine rundliche Dame auf dem Schoß, die ihre schwarzen Haare zu einem Dutt hochgetürmt und daran eine hellblaue Schleife befestigt hatte. Die Frau bewegte sich seltsam hin und her, gackerte laut vor sich hin und Hermann musste genauer hinschauen, um zu erkennen, was die beiden da eigentlich trieben. Mit der einen Hand kraulte die Frau den Nacken des Amerikaners, während sie sich mit der anderen

Hand festhielt. Er schob eine Hand unter ihren Rock und hielt sie mit der anderen um die runden Hüften umfasst. Glucksend wie ein Huhn wackelte sie mit ihrem Oberkörper und rieb ihren dicken Hintern an seinem Penis, der die Uniformhose ausbeulte. Angewidert und fasziniert zugleich verlangsamte Hermann seinen Schritt und wollte stehenbleiben. Doch Jürgen packte ihn am Arm und zog ihn weiter.

Am Tresen saß Annelise gemeinsam mit drei anderen Frauen. Sie tranken Sekt, plauderten und kicherten. Annelise und ihre Kolleginnen stachen deutlich in dem Laden hervor. Sie waren jung, schlank und modisch gekleidet. Nicht so trutschig und grell wie die etablierten Matronen, die sich – wenn sie einmal aufgestanden waren – schwerfällig wie ein altes wankendes Schiff durch die Tischreihen bewegten. Annelise trug einen enganliegenden cremefarbenen Rock, der oberhalb der Taille enger geschnitten und geschlitzt war, so dass man den Ansatz des Strumpfbandhalters sehen konnte. Dazu eine seidene Bluse in der gleichen Farbe, einen roten Gürtel, Strümpfe und rote hochhackige Schuhe.

Peter steuerte direkt auf sie zu, Hermann und Jürgen im Schlepptau. Hermann sah wie Annelise erschrocken die Augen aufriss. Offenbar hatte sie nicht mit Peters Besuch gerechnet. Sie schüttelte unmerklich den Kopf und formte mit ihren Lippen ein „Nein", doch Peter ließ sich nicht beirren und gesellte sich zum Damenquartett. Er winkte Hermann und Jürgen zu sich ran, die ihm zögerlich folgten.

„Hey, kommt her. Darf ich vorstellen? Annelise – die schönste Frau Bremens!"

Annelise lächelte gequält und blickte sich ängstlich um. Da sah Hermann ihn kommen. Der Mann war ein Riese, mit breiten Schultern und einem roten aufgedunsenem Gesicht. Die speckige Lederweste betonte seinen kräftigen Oberkörper. Sein gezwirbelter Schnurrbart verlieh ihm das Aussehen eines Zirkusdirektors. Hermann wusste nicht, ob der Riese der Türsteher, der Inhaber oder der Aufpasser der Damen war. Aber jemand raunte „Freddy kommt!" und die Menschenmenge vor ihnen teilte sich wie das Rote Meer vor Moses.

Freddy stampfte auf Peter zu und verpasste ihm ohne Vorwarnung eine Kopfnuss. Peter fiel hintenüber, mit dem Kopf auf den Schoß einer der Frauen, die ihn mit einem spitzen Schrei von sich stieß. Peter fiel nach vorne Richtung Fußboden, doch bevor er aufschlug, packte Freddy ihn am Kragen und schubste ihn Richtung Ausgang.

„Verschwinde du Wicht. Aber dalli!" bellte er.

Peter taumelte und stolperte, konnte sich aber halten. Er drehte sich auf den Absatz um und duckte sich in Boxstellung, entschlossen hier nicht kampflos aufzugeben. Freddy guckte ihn verdattert an. Ungläubig, dass dieser Bursche es ernst meinte. Mit einem schnellen Seitenblick schätzte er Hermanns und Peters Kampfeskunst ab. Er lachte, doch dann drohte er: „Pass auf, du Grünschnabel. Ein zweites Mal sage ich dir das nicht. Zieh Leine und nimm deine Milchbubifreunde mit, sonst gibt's gleich richtig was auf die Schnüss!"

Peter schaute zu Annelise, die sich nicht von der Stelle rührte und seinem Blick auswich.

„Also gut", sagte Peter. Er richtete sich langsam auf, klopfte sich irgendeinen imaginären Staub von der Hose, zuckte mit den Schultern und ging hoch erhobenen Hauptes in Richtung Schwingtür. Hermann und Jürgen eilten ihm hinterher.

„Mann Peter, was war das denn für eine Nummer?" fragte Jürgen als sie wieder draußen auf der Straße standen.

„Ach, der Freddy! Der hat nur Schiss, dass sich seine Mädels in mich verlieben. Außerdem bezahle ich doch nicht für etwas, was ich auch umsonst haben kann", sagte Peter und tippte sich an die Stirn.

Hermann beschlich das ungute Gefühl, dass Peter sie absichtlich in die Irre geführt und nur als Verstärkung mitgenommen hatte. Der Verlust schien Peter jedenfalls nicht sonderlich zu schmerzen. Er war wohl doch nicht so verliebt in Annelise wie er vorgegeben hatte. Die verpasste Chance auf eine Nummer ärgerte ihn trotzdem und er überredete seine Kumpels, in eine andere Kneipe zu gehen.

Als Wiedergutmachung gab Peter was zu essen und mehrere Runden Bier und Korn aus. Um zwei Uhr morgens torkelten sie aus dem Lokal.

„Wartet mal!" grunzte Peter, ging um die Ecke und gab alles von sich, was er im Magen hatte: zwei Frikadellen, Kartoffelsalat und das Bier. Mit feuchten Augen kam er wieder zurück: „Ihr seid die besten Kumpels, die man haben kann", lallte er glücksselig.

Wie sie an jenem Abend nach Hause gekommen waren, erinnerte Hermann nicht mehr. Doch am nächsten Morgen hätte er beinahe verschlafen, wenn Henny ihn nicht geweckt hätte. Er zog sich schnell an, stürzte den Kaffee mit Milch runter und eilte mit dem Rad zur Werft. Als er seine gestempelte Karte zurück in die Brusttasche steckte, hörte er laute Stimmen aus der Halle, die den Baulärm übertönten. Die Arbeiter verlangsamten ihre Bewegungen und lauschten mit einem schadenfrohen Grinsen dem Donnerwetter, das sich gerade zutrug.

„Kürten! Stehen Sie auf! Wer feiern kann, kann auch arbeiten. Geschlafen wird Zuhause! Aufstehen habe ich gesagt!"

Das war Sievers. Hermann stürmte in die Halle und die Treppe hoch zu den Toiletten. Er ahnte bereits, was los war. Die Toilettentüren waren halbhoch, damit die Vorgesetzten kontrollieren konnten, ob jemand gerade die Bildzeitung auf dem Klo las oder heimlich rauchte. Die Böden waren extra schräg, sodass man sich mit den Füßen abstützen musste, um nicht von der Klobrille zu rutschen. Alles Vorsichtsmaßnahmen, damit keiner bei seinem stillen Geschäft einfach einschlief. Doch Peter hatte es trotzdem geschafft.

Mit nacktem Hintern und dem Oberkörper auf den Knien saß Peter auf dem Klo und versuchte irgendwie seinen Kopf zu heben. Er war noch betrunken vom Vorabend und hatte die gleichen stinkenden Klamotten an. So wie es aussah, war Peter nicht nach Hause gefahren, sondern hatte die Nachtschicht der Kollegen genutzt, um seinen Rausch hier auszuschlafen.

Hermann musste sich ein Lachen verkneifen.

Da entdeckte Sievers ihn: „Westen, helfen Sie doch mal Ihrem Kollegen. Klettern Sie rüber und sperren Sie die Tür auf."

Hermann stellte seinen Fuß auf der Türklinke, griff die Kante und schwang sich über die Toilettenwand. Er öffnete die Tür.

„Gut, und jetzt ziehen Sie ihm bitte die Hose hoch und bringen ihn nach Hause, ja? Das bringt ja nichts. Und danach kommen Sie wieder. Und Sie Kürten? Sie habe ich ab jetzt auffen Kieker! Das war das letzte Mal, verstanden?"

„Jawoll Chef." Peter schaute Sievers treuherzig an und hickste.

Hermann zog Peters Hose hoch und legte den Arm über seine Schulter. So ging es einigermaßen, wobei Peters schlaffer Körper an Hermann hing wie ein nasser Sack, der immer schwerer wurde.

„Mensch Peter, reiß dich mal zusammen und versuch zu laufen. Ich kann dich nicht den ganzen Weg nach Hause tragen. Sag mal, hast du dich überhaupt gewaschen? Du stinkst wie eine Horde Pumas!"

Hermann wusste nicht, wo Peter genau wohnte. Also schleppte und stützte er ihn den ganzen Weg bis zu seinen Großeltern nach Hause. Henny hatte ihn aus dem Fenster schon kommen sehen und öffnete die Wohnungstür. Den linken Arm in die Hüfte gestemmt, versperrte sie ihm den Weg.

„Hermann! Wieso bist du schon von der Arbeit zurück? Und wer ist das?"
„Oma, das ist Peter, der Geselle. Ich habe dir von ihm erzählt. Der hatt'n Zacken in der Krone und ich weiß nicht, wohin mit ihm. Er wohnt irgendwo außerhalb der Stadt und ich muss zurück zur Arbeit. Kann er hier schlafen, bis er wieder nüchtern ist?"

Oskar kam ebenfalls zur Tür.
„Was ist hier los?"
„Oma, bitte. Ich muss wieder zur Arbeit!"

„Na gut" sagte Henny und sog scharf die Luft durch die Nase ein. „Aber du trägst ihn rein. Oskar, hilf dem Jungen mal. Legt ihn in dein Bett Hermann. Und zieht ihm um Himmels Willen vorher die Schuhe und die Hose aus! Ich habe gerade erst alles frisch bezogen."

Gemeinsam hievten Hermann und Oskar den betrunkenen Peter ins Bett. Hermann lächelte seinen Großvater verschmitzt an, küsste seine Oma auf die welke Wange und verschwand.

Später erfuhr Hermann, dass Peter mit seinem Vater in einer Wohnung in Borgfeld lebte. Die Mutter hatte ihn und den Mann verlassen, als ihre erste große Liebe aus der Kriegsgefangenschaft zurückgekehrt war. Peter erzählte nicht viel von seiner Mutter. Doch wenn er über Frauen sprach, spürte man seinen Groll: „Die Weiber sind doch alle gleich. Erst vögeln sie mit dir und wenn du ihnen nicht mehr gut genug bist, verlassen sie dich, also verlasse ich sie zuerst."

Es war nicht das erste Mal, dass Peter Ärger auf der Arbeit hatte. Er war beileibe nicht der Einzige, der während der Arbeit trank, aber der Einzige, der mehrfach erwischt worden war. Vor versammelter Belegschaft faltete Sievers Peter zusammen.

„Wenn ich Sie hier noch einmal besoffen vorfinde, dann fliegen Sie raus, Verstanden?"

„Verstanden!" antwortete Peter. Denn so leichtsinnig er auch sein mochte, kapierte er, dass es diesmal ernst war. „Ich werde mich bessern!", gelobte er.

Peter war nicht der Typ, der sich mäßigen konnte, wenn er einmal angefangen hatte zu trinken. Aber er mied fortan die Küstenstraße. Stattdessen beschloss er, Hermann und Jürgen ins Café Flora zu begleiten. Sehr zum Unmut von Jürgen.

Saint-Nazaire, Oktober 1957

In Saint-Nazaire kämpften sie wieder. Der Streik ging als einer der gewalttätigsten in die Geschichte Frankreichs ein. Die Direktion hatte die Belegschaft kollektiv ausgesperrt. Sie plante, die Werft für unbestimmte Zeit zu schließen. Die Arbeiter fürchteten um ihren Arbeitsplatz. Sie besetzten die Werkshallen und die Verwaltungsbüros. Schwer bewaffnete Uniformierte der Bereitschaftspolizei CRS, der *Compagnies Républicaines de Securité*, rückten an, um das Gelände zu räumen.

Pierre war wütend und traurig zugleich. Erst zwanzig Tage zuvor hatten sie das erste Blech des neuen Passagierschiffes ins Trockendock gebracht. Jetzt standen sich mit Metallstangen bewaffnete Arbeiter und Polizisten der CRS mit Pistolen im Anschlag gegenüber. Pierre sah, wie ein Streikbrecher versuchte, sich mit seinem Renault langsam einen Weg durch die Menge zu bahnen. Mehrere Männer traten hervor und beschimpften den Mann. Sie zwangen ihn anzuhalten, legten ihre Hände auf das Autodach und schaukelten das Auto hin und her. Der Fahrer hielt sich mit aufgerissenen Augen am Lenkrad fest.

„Mais ils sont fous!" – „Sie sind verrückt" keuchte Pierre und eilte hin, um dem Autofahrer zu helfen. Da hörte er eine Explosion. Tränengas. Instinktiv warf er sich auf den Boden und vergrub seinen Kopf unter den Händen. Er schmeckte die braune staubige Erde und hörte seinen Herzschlag. Ein Gemurmel und Geraune schwollen an.

„Il est mort!" „Er ist tot!" schrie plötzlich jemand. Sirenen näherten sich.

Als sich der Rauch verzogen hatte, sah Pierre, was geschehen war. Unter einem schweren Eisengitter lag Émile, einer der Betriebsmaler. Wie das Gitter umfallen konnte, wusste keiner. Doch für die Belegschaft war der Schuldige klar. Die CRS war bekannt dafür, nicht zimperlich zu sein. Weitere 200 Streikende lagen schwer verletzt im Krankenhaus.

Die Anteilnahme bei Émiles Beerdigung war groß. Fast jeder in der Stadt hatte mindestens ein Familienmitglied, das in der Werft arbeitete. Es hätte auch einer der Ihren sein können. Der Trauerzug führte durch die ganze Stadt und war eine einzige Anklage. „Seht! Schaut her, was ihr angerichtet habt", schienen die Mienen der Sargträger zu sagen, während die Bewohner mit Trauerflor am Arm den Straßenrand säumten.

Bremen, April 1958

In Oslebshausen, einem westlichen Stadtteil Bremens gleich hinter dem Arbeiterviertel Gröpelingen, befand sich das Café Flora. Das Tanzcafé war vor allem bei den *Teens* beliebt. Das war amerikanisch und klang aufregender als „Jugendliche".
Die drei Freunde bezahlten je 50 Pfennig für den Eintritt. Drinnen war es schummerig, warm und verraucht. Das Licht schien dunkelrot. Das Café Flora war kein biederes Tanzlokal mit runden Tischen, gepolsterten Sesseln und einem Telefon, von dem man seine Herzdame zum Tanz auffordern konnte. Das war eine Tanzhöhle. Jemand wählte an der Jukebox *Hound Dog* von Elvis Presley. Der Rhythmus des Songs fuhr Hermann in die Beine. Seit er zum ersten Mal Elvis im Fernsehen singen und tanzen gesehen hatten, war er fasziniert von dem amerikanischen Sänger. Er verstand zwar kein Wort, doch die Musik und Elvis' Stimme packten ihn. Mit aufgeregt flackernden Augen sah er der wild tanzenden Menge zu.

Jürgen entdeckte Gerda. Sie saß zusammen mit zwei Freundinnen an der Theke und winkte. Hermann folgte Jürgen und Peter. Peter nahm direkt die Rothaarige in Beschlag. Hermann begrüßte alle drei und wandte sich der Blondine zu, damit Jürgen sich mit Gerda unterhalten konnte. Seine Augen wanderten immer wieder Richtung Tanzfläche. Auf einmal lachte das Mädchen.

„Sag mal. Hörst du mir überhaupt zu?"

„Hmm?" antwortete Hermann.

„Na los. Willst du tanzen? Heute ist Damenwahl!" sagte sie und rutschte vom Hocker runter.

Hermanns Herz hüpfte. Er griff ihre Hand und zog sie auf die Tanzfläche. Die Schritte fielen ihm nicht schwer, er hatte den Tanz im Fernsehen gesehen. Er blickte nach links und rechts und imitierte einfach die anderen. Der Schweiß rann ihm vom Haaransatz runter in die Augen. Die sorgfältig frisierte Tolle hing in seiner Stirn. Hermanns bemerkte von alldem nichts. Er tanzte, seine Augen glänzten. Mutig warf er zum Ende des Liedes das Mädchen über seine Schulter, so dass ihr Rock hochflog und man ihr Höschen sah. Doch das störte sie alles nicht. Sie lachte. Dieser junge ungestüme Kerl, der nicht redete, aber tanzte wie ein Teufel gefiel ihr. Er gefiel ihr sogar sehr.

Für Hermann gab es fortan kein Halten mehr. Er lebte nur noch von Wochenende zu Wochenende. Jeden Freitag wollte er in die Flora und bestürmte Jürgen und Peter mitzukommen. Zuhause vor dem Badezimmerspiegel übte er die Bewegungen, die Elvis in seinen Shows zeigte. Elvis war Hermanns Vorbild. Er wollte aussehen wie er, sich bewegen wie er und so sein wie er. Seinen Anzug, für den er solange gespart hatte, ließ er im Schrank hängen. Stattdessen kaufte er sich eine *Bluejeans*. Er verschlang alles, was er über Elvis in den Zeitschriften finden konnte und war er in der Flora, tanzte er den Abend durch. Jürgen und Peter teilten seine Leidenschaft für die Musik, jedoch nicht die für die Tanzfläche. Jürgen wusste einfach nicht wohin mit seinen langen Armen und Beinen und Peter ging es nur darum, Frauen kennenzulernen.

Jürgen kam mit Gerda zusammen und Hermann bändelte mit seiner Tanzpartnerin an. Renate war zwei Jahre älter als Hermann, aber liebte ihren „Milchbubi" wie sie ihn manchmal neckte. Hermann konnte sein Glück kaum fassen. Er hatte seine erste Freundin, noch dazu eine ältere. Peter foppte ihn, weil Hermann selbst noch so grün hinter den Ohren war. Meist trafen sie sich in der Flora. Anfangs brachten Gerda und Renate weitere Freundinnen für Peter mit, ließen es aber irgendwann bleiben. Sobald Peter eine Frau rumbekommen hatte, ließ er sie für ein gutes Kartenspiel sitzen.

„Im Grunde ist Peter hässlich", sagte Gerda eines Abends zu Jürgen.
„Peter? Peter ist der bestaussehende Kerl von uns dreien", widersprach Jürgen.
„Auf den ersten Blick vielleicht", sagte Gerda. Deswegen gibt er sich auch keine Mühe nett zu sein. Außer zu euch."
„Was du immer hast!"

Jürgen schüttelte den Kopf. Er mochte es nicht, wenn Gerda schlecht über seine Freunde redete. Sowieso nahm sie alles viel zu ernst. Aber sie war sehr hübsch mit ihren braunen Augen, ihren braunen Locken und außerdem hatte sie einen schönen Busen, so dass Jürgen großzügig darüber hinwegsah.

Eigentlich war Jürgen das Phänomen. Weil er nicht tanzen konnte, verbrachte er den Abend damit, an der Bar zu stehen, Getränke zu holen oder Münzen in die Jukebox zu werfen. Er hatte kein Problem damit, dass Hermann abwechselnd mit Renate und seiner Gerda tanzte. Und obwohl er mit seiner dicken Brille und den langen Armen aussah wie der Tollpatsch, der er war, hatte er einen mordsmäßigen Schlag bei den Frauen. Seine Hilflosigkeit schien sie geradezu magisch anzuziehen. Oft war es die schönste Frau des Abends, die auf den schlaksigen Jürgen ansprang und er musste sich zu seiner Gerda retten.

„Die Frauen fliegen auf den, weil sie glauben, dass sie ihn besonders gut herumkommandieren können", frotzelte Peter.

Hermann war da anderer Meinung. So gern er Peter mochte und so gut er als Kumpel war, merkten die Frauen doch, dass er es nicht wirklich ernst mit ihnen meinte. Jürgen hingegen war liebenswert. Und Gerda wusste sehr wohl, was sie an ihm hatte. Die Aufgabenverteilung bei den Jungs war klar: Jürgen redete,

Hermann tanzte und Peter streifte wie ein hungriger Wolf durch die Menge.

An Hermanns 17. Geburtstag planten die Freunde eine große Sause. Hermann kam von der Freitagschicht nach Hause, duschte und rasierte sich ausgiebig. Anschließend besprenkelte er seine Wangen mit Old Spice. Er wählte eine Jeans und ein schlichtes weißes T-Shirt mit kurzen Ärmeln. Das Wichtigste aber war die Frisur. Hermann zückte seinen Kamm aus der hinteren Hosentasche und zog den Scheitel nach. Die Haare kämmte er erst zur Seite und dann nach hinten, um sie schließlich mit einer Hand nach vorne zu schuppen, so dass sie sich zu einer wohlgeformten Tolle türmten. Das Ganze fixierte er mit Brisk und Zuckerwasser. Das hielt. Zumindest bis zum Knutschen. Renate liebte es mit ihren Fingern durch seine vollen pomadigen Haare zu fahren. Beim Gedanken an Renate wurde Hermann nervös. Sie hatte ihm zum Geburtstag eine besondere Überraschung versprochen.

Zum Abendessen wünschte sich Hermann von seiner Großmutter dicke Bohnen mit Birnen und Speck. Peter kam vorbei, um ihn abzuholen.

„Moin Peter", begrüßte Hermann seinen Freund.
„Hermann, alles Gute!", sagte Peter und überreichte eine Flasche „Alter Senator". Für Henny hatte er einen Blumenstrauß mit Nelken und Margeriten dabei.

Er trat in die Küche. „Hm, riecht das gut. Guten Tag Frau Westen." Peter schüttelte Henny und Oskar die Hand. Seit ihrer letzten Begegnung hatte er sie nicht wiedergesehen.

„Moin Peter. Danke für die Blumen, die sind aber hübsch! Wie geht es dir denn?"

„Gut, danke!"

Was ist denn mit Jürgen?" fragte Henny, während sie die Blumen in eine Vase mit Wasser stellte.

„Der kommt später, Oma", antwortete Hermann.

„Na, dann setzt euch mal", sagte Henny und tat jedem zwei Birnen, eine große Portion Speckbohnen sowie Kartoffeln auf. Dazu tranken sie Haake Beck aus der Flasche.

Nach dem Essen gab es für jeden einen Korn. Die Männer rauchten eine Zigarette, während Henny abräumte. Gedankenverloren strich Peter sich Asche von seinem frisch gebügelten Hemd.

„Mist" stöhnte er. „Das gibt's doch nicht. Jetzt habe ich einen Fleck. Und hier auch!" Entgeistert schaute Peter auf den Fettfleck auf seiner Hose und den grauen Fingerstreich auf seinem Hemd.

Henny kniff ihre Augen zusammen, um besser sehen zu können. „Wo denn? Ach, das ist doch nix! Gib man her, das krieg ich wieder wech!"

„Nee, schon gut. Wir wollen doch gleich los", protestierte Peter.

„Nicht lang schnacken, Sachen her!", bestimmte Henny und streckte ihre Hand aus.

Peter hatte keine Chance. Unter den Augen von Henny, Oskar und Hermann zog er Hemd und Hose aus. Er genierte sich. Für gewöhnlich war ihm nichts peinlich. Doch das letzte Mal hatte er in Hermanns Bett seinen Rausch ausgeschlafen und aufs Kissen gesabbert. Nun saß er hier in Unterwäsche am Tisch, während Henny die Flecken auf seiner Kleidung mit Gallseife einrieb und auswusch. Oskar schenkte einen neuen Korn ein und Peter entspannte sich. Rauchend saß er auf dem hölzernen Küchenstuhl.

„Willst du nicht langsam mal ausziehen?" fragte er Hermann.

„Später. Nach der Lehre vielleicht. Im Moment kann ich es nicht besser treffen. Ich habe einen kurzen Arbeitsweg, Oma wäscht und kocht für mich. Außerdem habe ich ein Zimmer für mich allein."

Gerd und Lore waren einige Häuser weiter in eine eigene Wohnung gezogen. Im März hatte Lore noch eine Tochter bekommen. Martha hieß sie. Hans lebte bei einer Kneipenbekanntschaft und ließ sich nur selten blicken. Meist, um Geld von seiner Mutter zu schnorren. Was genau sein Onkel trieb, wusste Hermann nicht, es war ihm auch egal.

„Und Hannah?" fragte Peter weiter. Peter kannte Hermanns Tante nur vom Hörensagen und brannte darauf, sie kennenzulernen.

„Wenn Hannah nach Bremen kommt, dann schläft sie im Hotel. Aber was ist mit dir? Willst du nicht heiraten und in eigene Wohnung ziehen? Du bist ja schon fast zwanzig!" fragte Hermann.

„Ich werde bald ganz woanders hingehen. Nach Südamerika oder so."

„Nach Südamerika? Was willst du denn da?" fragte Oskar, der in seinem Leben noch nie weiter als bis nach Frankreich und in die Niederlande gekommen war.

„Arbeiten, Geld verdienen, das schöne Leben genießen. Ich binde mir doch kein Weibsbild und womöglich noch ein Kind ans Bein!" grinste Peter.

Henny kam in die Küche. „So Peter. Den gröbsten Schmutz habe ich rausbekommen. Die Stellen sind zwar noch etwas feucht, aber du kannst alles wieder anziehen."

Da klingelte es an der Tür. „Das muss Jürgen sein", sagte Hermann und sprang auf. „Der kommt genau richtig! Komm Peter, auf geht's!"

Hastig küsste Hermann seine Oma auf die Wange, klopfte Oskar auf die Schulter und ging raus. Peter bedankte sich und folgte seinem Freund. Jürgen saß lässig wartend auf seiner neuen Kreidler. Gemeinsam holten sie mit ihren Mopeds die Mädchen vom Oslebshauser Bahnhof ab. Gerda und Renate warteten schon. Renate trug einen hellgelben Petticoat mit einer weißen Bluse und einem dunkelblau weiß getupften Halstuch. Sie setzte sich seitlings auf den

Hintersitz der Kreidler. Gerda trug eine dunkelblaue Caprihose mit einer weißen Bluse mit Tulpenkragen und schmiegte sich eng an ihren Jürgen. Peter fuhr alleine auf seiner Kreidler zur Flora. Schon von draußen hörten sie Chuck Berrys prägnanten Gitarrenriff in *Johnny B. Good*.

„Kommt, lasst uns schnell rein." Hermann schnappte sich Renates Hand und zog sie mit sich. Sie lachte.

„He, stopp, Geburtstagskind. Wie wäre es zuerst mit einem Getränk?"

Doch Hermann drängte sich durch die Menge auf die Tanzfläche. Der Rhythmus stieg wie Fieber in ihm hoch. Hermann drehte Renate ein und schwang sie raus. Er riss sie an sich, warf sie hoch und fing sie auf. Renates Pupillen waren weit aufgerissen, ihre Augen glänzten. Hermanns Puls stieg an, er schwitzte. Heute Abend schien es noch wärmer zu sein als sonst. Das Lied endete. Jemand wählte Gene Vincents *Be Bop a Lula* und Hermann zog seine Freundin dicht an sich ran.

Er atmete ihren Duft ein und sie drückte ihr Becken an seinen Körper. Ihr Petticoat raschelte an seinen Beinen. Durch den dünnen schwarzen Pullover spürte er ihre spitzen Brüste, die – eingefasst im Büstenhalter – wie umgedrehte Zuckertüten aussahen. Hermann wurde noch wärmer als ihm eh schon war. Er fragte sich in Gedanken, ob Renate wohl lange oder kurze Strapse trug und suchte ihren Mund. Renate spürte, was los war und flüsterte Hermann etwas ins Ohr. Er nickte, nahm sie an die Hand und zog sie aus der Menge raus auf die Straße. Wortlos gingen sie nebeneinander her in Richtung Park, händchenhaltend, die Finger ineinander verschränkt.

Es war noch hell, aber Hermann kannte eine Ecke, in der sie sich ungestört küssen konnten. Renate drängte sich an Hermann und sie küssten sich. Langsam glitten sie auf den Rasen. Hermann legte sich hin. Flink löste Renate die Knöpfe seiner Hose, raffte ihren Rock hoch und setzte sich auf ihn drauf. Hastig glitt er in sie hinein. Hermann versuchte noch ihren Pullover hochzuschieben und ihren Büstenhalter zu öffnen, aber der verflixte Haken wollte nicht aus der Öse. Sie bewegte sich auf und ab und ihm wurde schwindelig. Sein Unterleib begann zu zucken und er hatte das Gefühl, eine Welle würde ihn überrollen. Er bäumte sich auf, ein Laut kam aus seiner Kehle und er fiel zurück auf den Boden. Keuchend blieb er mit geschlossenen Augen liegen und spürte dem Beben in seinem Körper nach. Renate ließ sich vornüber auf seine Brust fallen und kicherte.

„Naja, es ist ja noch kein Meister vom Himmel gefallen. Herzlichen Glückwunsch zum Geburtstag mein Schatz!"
Eine Weile noch lagen sie da, ohne was zu sagen. Sie streichelte seine Brust unter dem Hemd, er die kleine Kerbe unter ihrem Steißbein. Dann stand sie

auf und klopfte sich die Grashalme von den Knien. Hermann döste weiter. Er war müde und wollte schlafen, doch Renate drängte zur Rückkehr.

„Komm, lass uns zurückgehen. Die anderen wundern sich sicher, wo wir bleiben!"
„Aufstehen? Unmöglich!" dachte Hermann. Er mühte sich dennoch hoch.

Von nun an liebten sie sich fast jeden Tag – entweder im Freien, spätabends am See, und später – als es draußen kälter wurde – in Renates kleiner Wohnung, wenn sie alleine waren.

Rekrut Presley

Mit zwei Wurstbrötchen in der Hand suchte Hermann nach Kleingeld in seiner Hosentasche. Endlich fingerte ein Markstück und einige Pfennigmünzen raus. „Hier, stimmt so."

Es war Mittagspause. Hermann ging zurück zum langen Tisch, wo Jürgen in der Zeitung las.
„Hier!" Er legte Jürgen das Brötchen hin, doch der blickte nicht einmal auf.
„Das gibt es ja gar nicht. Das ist ja unglaublich!" Jürgen schüttelte den Kopf.
„Was denn?" fragte Hermann kauend.
„Elvis kommt nach Bremen. Elvis Presley! Nach Bremerhaven. Hier!" Jürgen tippte auf ein Foto des Sängers in der Zeitung. „Pass auf! Hier steht:

,Der Rock'n Roll Star Elvis Presley kommt am 1. Okto-
ber mit dem Truppentransporter General Randall in Bre-
merhaven an. Von dort geht es weiter nach Friedberg in
Hessen, wo der Rekrut Presley als Schütze in einem ame-
rikanischen Panzerregiment dienen wird. Zur Ankunft
werden Hunderte von Reportern und Fans erwartet."

Jürgen sah auf. „Da müssen wir natürlich hin!"
„Wohin? Nach Bremerhaven? Was ist denn das für
ein Tag?"
„Warte mal!" Jürgen überlegte. „Ein Mittwoch.
Mist, das ist unter der Woche!"
„Dann machen wir eben blau", grinste Hermann.

Peter war sofort begeistert von der Idee und nahm
sich den Tag frei. Einen erneuten Fehltritt konnte er
sich nicht erlauben. Am Morgen des 1. Oktober 1958
stand Hermann um vier Uhr in der Früh auf. Er
wusch sich, zog sich an, griff sich ein Brot und schloss
leise die Tür hinter sich. Jürgen wartete bereits. Er saß
auf seiner Kreidler und wies mit einer Handbewegung auf Hermanns Moped.

„Schwing dich drauf du heißer Feger!" säuselte er.
„Du Witzbold!" knurrte Hermann. „Lass uns erst
einmal schieben. Nicht, dass wir noch jemanden auf-
wecken!"

Es war stockfinster und kalt. Jürgen blies sich in die
Finger, um sie zu wärmen. Hermann hatte ein Paar
Lederhandschuhe dabei, die eigentlich zu gut zum

Mopedfahren waren. Peter wartete an der Tankstelle auf sie. Sie brauchten über zwei Stunden, weil sie nur über Landstraßen fahren durften. In Garlstedt mussten sie eine kurze Pause einlegen, weil Jürgen Wasser lassen musste.

„Verdammt ist das kalt!" fluchte Jürgen, der mit seinen kalt gefrorenen Fingern kaum die Hose auf- und wieder zubekam. „Wie weit müssen wir denn noch fahren?"

„Wir haben es fast geschafft. Ungefähr die gleiche Strecke noch einmal!" antwortete Hermann, der die Gelegenheit genutzt und sich ebenfalls kurz erleichterte.

„Sogar mein Hintern ist arschkalt", grinste Jürgen.

Peter drückte seine Zigarette aus. „Los ihr Mädchen, nicht lang quatschen, weiter geht's! Sonst kommen wir zu spät!"

Um kurz vor sieben Uhr steuerten sie auf den Hafen zu. An der Columbuskaje hatte sich bereits eine Menschentraube gebildet. An der Südseite passten amerikanische Militärpolizisten auf, dass keiner die Absperrung missachtete. Hier hatten nur geladene Gäste Zugang. Die Bremer Polizei sicherte die Nordseite. Dort hatten sich bereits über hundert Fans versammelt. Sie hielten Plakate und Schilder hoch. Einige hingen mit verschränkten Armen über die Absperrseile, um den Platz für sich zu sichern.

Hermann, Jürgen und Peter stellten ihre Mopeds in Sichtweite ab und gingen die restlichen Meter zu Fuß weiter. Sie hatten Hunger und Durst. Es war immer noch kalt und sie drängten sich in die Menge, um sich aufzuwärmen. Sie warteten. Um kurz nach acht Uhr ging ein Raunen durch die Menge, die Masse bewegte sich. Am Horizont war die Silhouette eines Schiffes zu sehen.

„Ist das die General Randall?", fragte Jürgen.
„Ich glaub' schon!" wisperte Hermann.

Es dauerte fast noch eine Stunde, bis die Randall anlegte. Die Polizisten und die Mitglieder der Armeekapelle brachten sich in Position.

„Jetzt geht's los!" sagte Peter.

Die Kapelle spielte auf. Hermann konnte sich später nicht mehr erinnern, welches Lied die Musiker spielten. Über Lautsprecher sprach ein Oberst der US-Armee. Keiner hörte richtig hin. Die „Elvis, Elvis!"-Sprechchöre der Mädchen übertönten alles. Hermann reckte den Hals als die ersten Soldaten die Gangway runterschritten. Er war aufgeregt, sein Hals war trocken, aber an Essen und Trinken war im Moment nicht zu denken.

„Ist er das?"
„Elvis, Elvis!"
Da schrie die Menge auf. „Da ist er!"

Hermann, Jürgen und Peter drückten sich in Richtung des Schiffes. Von hinten und von den Seiten wurde geschoben. Die Menschentraube sog sie ein. Es gab kein Zurück, nur ein nach Vorn. Sie verloren sich aus den Augen. Dann erhaschte Hermann einen Blick auf die Soldaten an Deck. Hinter ihm kreischte jemand. Er drehte sich um. Vier Mädchen hielten sich an dem Armen eingehakt aneinander fest und schrien Elvis' Namen. Eine stach Hermann besonders ins Auge. Sie hatte dunkelblaue Augen und trug ihre braunen Haare zu einem Pferdeschwanz, der von einer Schleife zusammengehalten wurde. Auch sie bemerkte Hermann, wurde aber weggeschoben und fiel beinahe hin.

Ein neuer Aufschrei. Hermann drehte sich wieder Richtung Schiff. Da kam er. Elvis Presley. Auf der rechten Schulter trug er einen Seesack aus weißem Leinen. Freundlich lächelnd ging er die Gangway runter und warf Kusshände in die Menge. Blitzlichter flammten auf und die Menschen schrien durcheinander. Elvis sagte etwas auf Englisch. Hermann war zu weit weg, um ihn zu verstehen, die Masse zog ihn nach vorne. Zeitweise hatte er keinen Boden mehr unter den Füßen. Panisch hob er mit seinem Ellenbogen auf die Menschen links und rechts von ihm ein, um sich Platz und Kontrolle zu verschaffen. Er sah Jürgen in einiger Entfernung auf- und wieder abtauchen. Ein blonder Mann schaffte es bis an die Gangway. Er hing sich über das Geländer und bat Elvis um ein Autogramm. Elvis verlor den Stift, winkte entschuldigend ab und der vorwitzige Fan wurde von einem Militärpolizisten weggetragen.

Die Menschenmasse bewegte sich zu den Gleisen. Hier stand der Zug, der Elvis und seine Truppe nach Hessen bringen sollte. Elvis winkte von den Stufen und verschwand im Zuginnern. Hermann erblickte Peter, der wild gestikulierend auf den Zug zeigte.

„Da! Da ist er wieder!"

Tatsächlich war Elvis ans geöffnete Fenster getreten, winkte erneut und warf Nelken in die Menge. Ein Fan hatte ihm einen Strauß geschenkt und nun verteilte Elvis die Blumen an seine Fans. Um kurz nach zehn Uhr fuhr der Zug los. Nur zögerlich löste sich die Menge auf. Hermann, Jürgen und Peter fanden sich wieder.

„Irre!" keuchte Jürgen.
„Wahnsinn!" sagte Peter.

Mehr brachten sie nicht hervor. Über drei Stunden waren seit ihrer Ankunft vergangen und sie hatten die meiste Zeit gewartet, doch es fühlte sich so an, als hätten sie alles im Zeitraffer erlebt. Glücklich, ihrem Idol so nahe gewesen zu sein, blieben sie noch eine Weile stehen, rauchten eine Zigarette und warteten, ob noch etwas passierte. Hermann hielt nach dem Mädchen mit der Schleife Ausschau, doch vergeblich.

Es waren zu viele Menschen am Kai, wahrscheinlich war sie schon gegangen.

Zurück in Bremen, prahlte Peter vor den Kollegen, dass sie bei Elvis' Ankunft in Deutschland dabei gewesen seien. Und Hermann und Jürgen fingen sich eine Abmahnung ein.

„Dass der Peter nicht einfach mal seine Klappe halten kann. Bringt der uns in Teufels Küche!", fluchte Jürgen nach der Standpauke.

Doch auch an anderer Front drohte Ärger. Gerda war enttäuscht, dass Jürgen sie nicht mitgenommen hatte und machte ihm Vorwürfe.

„Gerda, im Ernst, du wärst doch nicht zwei Stunden bei der Eiseskälte hinten auf dem Moped mitgefahren!", verteidigte sich Jürgen.
„Du hättest mich wenigstens fragen können!", antwortete Gerda schnippisch.

Jürgen verdrehte die Augen. Gerda war nur am Schimpfen. Nie konnte er ihr etwas recht machen. Sowieso ging sie ihm zusehends auf die Nerven. Ihr liebster Ausdruck war „Ach du grüne Neune!" Das sagte die alte Nachbarin seiner Eltern auch immer.

„Gerda tut immer so anständig und macht einen auf feine Dame. Bei jedem anzüglichen Witz läuft sie rot an und schaut weg – wie so eine Klosterschüle-rin!" beschwerte sich Jürgen bei Hermann. „Und meine Arbeit ist ihr auch nicht gut genug. Immer hackt sie darauf rum, dass ich nicht weiter aufs Gymnasium gegangen bin. `Dann hättest du Ingenieur werden können und müsstest dir nicht die Hände schmutzig machen!' imitierte er ihren vorwurfsvollen Ton.

Die Aussicht, die nächsten 30 Jahre mit dieser Furie zu verbringen, versetzte Jürgen in Panik, zumal Gerda darauf drängte, bald zu heiraten. Auch zwischen Renate und Hermann lief es nicht gut. Renate sagte zu Hermanns Ausflug nach Bremerhaven zwar nichts. Doch sie war ungewöhnlich schweigsam. Hermann wusste nicht, ob dies ein gutes oder ein schlechtes Zeichen war, also sprach er selbst das Thema an.

„Bist du auch böse auf mich, weil ich dich nicht mitgenommen habe?", fragte er und schmiegte sich an sie. Er küsste ihren Nacken, er wusste, dass sie das liebte. Erst zierte sie sich, doch dann wurde sie weich. „Oh du Lausebengel", sagte sie und boxte ihm in die Seite.

Trotzdem verhielt sie sich ihm gegenüber anders als sonst. Sie war kühler geworden. Und einsilbig. Hermann schob es darauf, dass Renate doch enttäuscht von ihm war. Ständig musste sie länger arbeiten, auch am Wochenende. Und eines Tages wusste

Hermann auch warum. Peter hatte Renate neben einem anderen Mann in einer roten Borgward Isabella Cabrio gesehen. Hermann wusste, dass Renates Chef einen solchen Wagen fuhr. Sie hatte ihm davon erzählt. Er passte sie nach ihrer Arbeit im Kontor ab und stellte sie zur Rede. Renate nickte nur und sagte „Tut mir leid!"

Wütend fuhr Hermann nach Hause. Henny schnibbelte in der Küche Rüben für eine Hühnersuppe. Als er ihr von Renate erzählte, zuckte sie mit den Schultern und sagte: „Ach, hab dich nicht so. Auch andere Mütter haben schöne Töchter."

Kurz danach trennte sich auch Jürgen von seiner Gerda. Aber sie trauerten nicht lange. In der Flora tanzte Hermann mit einer nach der anderen. Als er verschwitzt an der Theke etwas zu trinken bestellte, lächelte ihn ein Mädchen an, das ihm bekannt vorkam. Sie trug ein weißes Kleid mit schwarzen Polka Dots, einen roten Gürtel und einen roten Haarreif. Es war das Mädchen, das er an dem Tag von Elvis' Ankunft in der Menschenmenge gesehen hatte. Sie kamen ins Gespräch und er erfuhr, dass sie Hilde hieß. Hilde lebte in Bremerhaven und war für das Wochenende zu Besuch bei ihrer Cousine in Vegesack. Sie gab ihm ihre Telefonnummer und er besuchte sie am Wochenende in Bremerhaven, wo sie in der Fußgängerzone spazieren gingen und ein Eis aßen. Hilde gefiel Hermann. Doch für eine Beziehung war ihm der Weg zu weit. Er hatte Geschmack daran gefunden, sich nicht festlegen zu müssen und so ging er jedes Wochenende neu auf die Jagd.

Wanderjahre

Im April 1959 bestand Hermann die Abschlussprüfung und ließ sich als Geselle auf der Werft anstellen. Jürgen folgte ihm ein halbes Jahr später. Peter hingegen verabschiedete sich: „Ich geh' weg, ich muss mal hier raus und ein paar andere Weibsbilder sehen!" Er nahm das Angebot eines Duisburger Anlagenbauers an, der ihn umgehend als Monteur nach Antwerpen schickte.

„Ich hätte nicht gedacht, dass ich diesen alten Scheißkerl so vermissen würde", stöhnte Jürgen in der Mittagspause und bediente die Farbe Herz. Er, Hermann und Dieter Kühn spielten Skat, Peter – ihr vierter Mann, fehlte.

„Das sagst du nur, weil Peter noch schlechter spielt als du!", grinste Hermann und übernahm den Stich.

Am Vortag hatte Hermann eine Postkarte von Peter erhalten. Auf der Vorderseite war die Antwerpener Liebfrauenkathedrale abgebildet. Antwerpen schien eine schöne Stadt zu sein. Und belebt noch dazu. Peter schwärmte von den Bars und dem guten Lohn. Als Hermann berichtete, dass Peter mit Auslandszuschlag über fünf Mark die Stunde bekam, horchte Jürgen auf.

„Wieviel? Fünf Mark? Das glaube ich nicht!" sagte Jürgen.

„Mein Schwager hat auch erzählt, dass er für Auslandseinsätze über fünf Mark bekommt", warf Kühn ein.

„Fünf Mark!" Jürgen kaute auf seiner Unterlippe. Auf einmal leuchteten seine Augen auf. „Komm Hermann", sagte er „Wir machen das auch. Wir gehen auf Montage, zusammen! Das ist doch die Gelegenheit. Wir verdienen mehr Geld und sehen gleichzeitig etwas von der Welt."

Hermann zögerte, die Werft zahlte gut, der Zusammenhalt in der Belegschaft war stark. Doch die Aussicht auf etwas Neues und mehr Geld lockte auch ihn. Gefühlt stand ihnen die Welt offen. Die Wirtschaft brummte, die Löhne stiegen. Arbeit gab es mehr als genug.

„Hmm, warum nicht?" stimmte er zu und holte auch den letzten Stich.

Wenige Wochen später kündigten sie und ließen sich von der gleichen Duisburger Firma, für die auch Peter arbeitete, anstellen. Der Anlagenbauer unterhielt Baustellen in der ganzen Welt. Doch zunächst ging es für Jürgen und Hermann in den Westen der Republik. In Duisburg wurde gerade ein neues Stahlwerk aufgebaut. Sie blieben drei Monate, dann ging es weiter nach Saarlouis, von dort zogen sie ins Elsass und anschließend nach Gent in Belgien. Auf dem Weg nach Gent besuchten sie Peter in Antwerpen.

Die Freunde feierten das Wochenende durch. Wie Seeleute, auf die an jedem Hafen ein Mädchen wartete, fanden auch Hermann und Jürgen in jeder Stadt ein neues Mädchen. Nicht ganz nüchtern standen sie am nächsten Morgen pünktlich auf dem Bau.

Saint-Nazaire 1960

Schweigend gingen Pierre und François nebeneinander her. Es war das erste Mal, dass Pierre seinen Sohn zu einer Versammlung mitnahm. Catherine, seine Frau, war zuerst dagegen gewesen. Doch Pierre war der Meinung, dass dies die einzige Chance sei, seinen Sohn in die richtigen Bahnen zu lenken. Wenn François erst einmal eine verantwortungsvolle Aufgabe hat, dann hören die Scherereien auf, dachte er. Doch er täuschte sich.

Von der Seite betrachtete er François' grimmigen Gesichtsausdruck. Der Junge schien wild entschlossen. Wozu, wusste Pierre nicht, aber er erinnerte sich an seine eigene Jugend. Auch er hatte gegen sein Elternhaus rebelliert. Allerdings war es viel enger und strenger gewesen, als er und Catherine je hätten sein können. Doch dann war er eingezogen worden und hatte die wirklich schlechte, dreckige Seite des Lebens kennengelernt. Wie bösartig Menschen sein konnten, aber auch, wie hilfsbereit. Es gab immer welche, die ein gutes Herz hatten. Egal, wie widrig die Umstände waren.

„Vielleicht muss François die gleichen Erfahrungen machen, um das Leben schätzen zu lernen", dachte er. Doch wer wünschte sich schon, dass sein Kind in den Krieg ziehen möge?

Er jedenfalls hatte für sich beschlossen, das Beste aus dem zu machen, was das Leben ihm bot. Warum sollte er es sich schwerer machen als es eh schon war? Wenn jeder freundlich zu seinem Nächsten wäre, würde es keine Konflikte geben. Davon war Pierre überzeugt. Nur sah sein Sohn das offenbar völlig anders. François trieb sich rum, provozierte und schlug sich mit jedem, der ihn schräg ansah.

Pierre schob es auf das Alter und zerbrach sich den Kopf darüber, wie er seinen Sohn durch diese hitzige Zeit der Jugend bringen konnte. Als kleiner Junge war François ein verwöhnter Bub gewesen, der am Rockzipfel seiner Mutter hing. Die ersten Monate hatte Catherine ihren Sohn alleine aufziehen müssen, immer in der Ungewissheit, ob ihr Mann zurückkehren würde oder nicht. Die beiden verband ein festes Band. Pierre und Catherine führten eine harmonische Ehe. Aber wenn Pierre seinen Sohn zur Rede stellte, ging Catherine dazwischen und verteidigte ihn.

Selbst als François sich in der Schule den Ruf eines Raufboldes erarbeitet hatte und sich andere Eltern über ihn beschwerten, sah Catherine nur das Gute in ihrem Sohn. Und François brauchte seiner Mutter nur mit einem Engelslächeln zu versichern, dass er unschuldig sei und sie nahm ihn in Schutz. Bei Jeanne, ihrer Tochter, war sie strenger. Vielleicht war das der

Grund, warum Jeanne reifer und zuweilen selbständiger war als ihr Bruder. Jeanne war 15 und bald mit der Schule fertig. Sie wusste, dass sie im gleichen Geschäft wie ihre Mutter arbeiten wollte. Sie nähte gerne und träumte davon, dort irgendwann einmal ihre selbstgeschneiderten Kleider zu verkaufen.

François hingegen – obwohl er zwei Jahre älter war – schien seinen Platz im Leben noch immer nicht gefunden zu haben. Er war nicht dumm. Pierre hätte ihn gerne an der technischen Schule gesehen, aber François hatte keine Geduld – weder zum Zeichnen noch zum Stillsitzen, also hatte Pierre ihm eine Stelle bei der Werft besorgt. Und nun versuchte Pierre seinem Sohn eine Aufgabe in der Gewerkschaft zu geben. Etwas, das ihn beschäftigte, ihn von seinen Torheiten ablenkte, etwas, wofür es sich zu kämpfen lohnte. Also nahm er ihn mit zur Versammlung.

Hannah

„Wenn du nicht mit deiner Frau schläfst, dann tut es ein anderer!" hatte ein Freund Heinrich Hesekamp gewarnt. Doch Hesekamp konnte oder wollte es nicht wahrhaben. Seine Leidenschaft galt allein seiner Forschung. Anstatt seine Frau auszuführen, verbrachte er seine Abende im Schreibzimmer. Er merkte, dass seine Frau unglücklich war, doch hatte er ihre sexuelle Lust unterschätzt. Im Stillen hatte er gehofft, dass sie sich irgendwann mit dem gesellschaftlichen Stand, den er ihr bot, zufriedengeben würde. Hannah dachte und fühlte jedoch mit dem Bauch. Sie genoss zwar die wirtschaftlichen Vorteile ihrer Ehe und dass sie sich nicht mehr die Hände verderben musste als Wäscherin und Plätterin, aber sie sah nicht ein, warum sie die nächsten dreißig Jahre auf alles Körperliche verzichten sollte. Das erste Mal betrog sie ihn ein halbes Jahr nach ihrer Hochzeit. Dann drei Monate später wieder. Die zeitlichen Abstände zwischen den Seitensprüngen wurden immer kürzer. Heinrich sah nichts oder wollte nichts sehen. Bis Hannah es auf die Spitze trieb. Als Heinrich seine Frau unter dem fremden Mann in seinem Bett vorfand, drehte er sich wortlos um und verließ den Raum. Hastig zog sich der Mann an und verschwand.

Hannah blieb nackt im Bett sitzen, rückte sich das Kissen hinter ihrem Rücken zurecht und wartete auf ein Donnerwetter. Minuten vergingen. Trotzig zündete sie sich eine Zigarette an. Doch Heinrich kam und kam nicht, entnervt drückte sie ihre Zigarette aus, stand auf und warf sich ihren Morgenrock über. Heinrich wartete im Wohnzimmer. Er starrte aus dem Fenster. Sie räusperte sich.

„Ich will, dass du gehst. Pack deine Sachen und nimm den ersten Zug nach Bremen, den du bekommen kannst", sagte Heinrich.

Hannah blieb die Spucke weg. „Aber…"

„Nichts aber!"

Heinrich drehte sich um und blickte seine Frau abschätzig an. Zum ersten Mal, fand Hannah, wirkte er wie ein echter Mann. Fast schon anziehend.

„Für die ersten Tage wirst du sicher bei deinen Eltern unterkommen. Die restlichen Sachen, die du nicht mitbekommst, schicke ich dir hinterher. Such dir eine Wohnung. Ich zahle jeden Monat die Miete, wenn du mir versprichst, nie wieder nach Heidelberg zurückzukehren!"

Heinrichs Kälte verschlug Hannah die Sprache. Sie hatte erwartet, dass er sie anschreien oder schlagen würde. Irgendwas. Doch selbst in diesem Augenblick war dieser Mann zu keiner emotionalen Handlung fähig. Sie dachte flink nach. Die Jahre der Ehe, mochten sie noch so freudlos gewesen sein, hatten immerhin den Vorteil, dass sie Heinrich gut kennengelernt hatte. Das Angebot mit der Wohnung war ernstgemeint, das wusste sie. Das Alleinsein war sie gewohnt, sie würde sich schon irgendwie durchbringen. Und wer wusste schon? Sie war erst 40 und immer noch schön.

„Also gut!" sagte sie. „Aber ich nehme das Porzellan und meinen Schmuck mit", sagte sie.

Er winkte ab. Er wollte sie so dringend loswerden, dass Hannah für sich aushandelte, dass er ihr ein Haus kaufte anstatt Miete für eine Wohnung zu zahlen. Wer wusste schon, wie Heinrich in ein paar Monaten denken würde. Also suchte sie sich ein schönes

Haus in Schwachhausen aus, dem vornehmsten Stadtteil Bremens, und zog zwei Monate später ein.

Das Haus lag in der Kirchbachstraße. Es war weiß gestrichen und hatte braune Fensterläden. Das dunkelgrüne Efeu, das sich an der Hauswand hochschlängelte, bildete einen edlen Kontrast. Die 160 Quadratmeter Wohnfläche verteilten sich auf zwei Stockwerke. Unter dem Dach war noch eine kleine Mansardenwohnung, die für Personal vorgesehen war.

Henny schüttelte den Kopf als sie das Haus zum ersten Mal sah. Es war viel zu groß für eine Person. Nach dem Krieg hatte ein amerikanischer Offizier das Haus für sich in Anspruch genommen und es später der ursprünglichen Besitzerin zurückgegeben, die bis zuletzt einzelne Zimmer an die GIs vermietet hatte und nun verstorben war. Henny hielt es für eine Ironie der Geschichte, dass nun ausgerechnet Hannah darin leben sollte. Natürlich hatte Heinrich seine Finger im Spiel gehabt. Über einen seiner alten Bekannten war er an dieses Schmuckstück herangekommen.

Von dem Flur unten gingen drei repräsentative Zimmer ab: Der Salon mit einer Bar, die Bibliothek und das Wohnzimmer. Die Küche führte zu einer hochgelegenen Terrasse auf der eine weiße Holzbank, Stühle und ein runder Tisch mit einer Marmorplatte standen. Von der Terrasse ging man drei Steinstufen runter in den Garten, in dem ein Haselnussbaum blühte, der ansonsten aber von Bäumen befreit den Blick auf einen gepflegten englischen Rasen bot. Vom Erdgeschoss führte eine offene geschwungene Holztreppe in das obere Stockwerk, wo sich ebenfalls vier fast gleich große Zimmer befanden. Dies waren die Zimmer gewesen, die die ehemalige Hausbesitzerin vermietet hatte. Nun befanden sich hier Hannahs Schlafzimmer, zwei Gästezimmer und das Bügelzimmer. Der Dachboden blieb vorerst ungenutzt. Hannah überlegte, ihn gegebenenfalls zu vermieten, sollte sie Geld brauchen. Doch dann stellte sie eine Haushälterin ein, die gegen Geld, Kost und Logis die Arbeiten im Haushalt und im Garten erledigte.

So kam Hannah wieder zurück nach Bremen. Und da sie keine Zeit zu verschwenden hatte, ging sie gleich in der ersten Woche zum Tanztee.

Das Vorstellungsgespräch

Nach ihrer Station in Gent sollten Hermann und Jürgen zum Einsatz nach Antwerpen, doch auf der Baustelle kam es zu Verzögerungen, also nahmen sie Urlaub und fuhren kurzerhand nach Bremen. Jürgens Schwester Johanna musste heiraten. Sie war bereits im dritten Monat schwanger, weswegen in aller Eile ein Termin beim Standesamt und der katholischen Kirche vereinbart wurde. Und auch Hermann wollte seine Großeltern und Tante Hannah nach langer Zeit wiedersehen. Heinrich hatte sich von Hannah getrennt, weil sie keine Kinder bekommen konnte. Das war die offizielle Version. Die inoffizielle hatte Henny Hermann am Telefon geschildert. Hermann schmunzelte bei der Erinnerung an das Telefonat.

„Hast du schon gehört? Heinrich hat Hannah vor die Tür gesetzt! Auf einmal stand sie mit ihrem großen Koffer bei uns vor der Tür. Aber, stell dir vor, sie hat ein wunderbar großes Haus in Schwachhausen gefunden! Piekfein sag ich dir und riesig! Wir haben schon gesagt, dass wir Weihnachten alle bei ihr feiern werden, jetzt, wo sie so viel Platz hat!"

Hermann freute sich auf zuhause. Als er über die Türschwelle trat, strömte ihm der vertraute Duft von Holz und Tabak entgegen. Die Sitzecke mit dem Tisch, der Ofen – alles erschien ihm kleiner und einfacher als er es im Gedächtnis hatte. Doch sofort stellte sich bei ihm ein Gefühl von Geborgenheit ein. Mit großem Appetit verschlang er die Rippchen, die Henny ihm zubereitet hatte. Dazu eine große Portion Salzkartoffeln und dicke Bohnen.

Nach dem Essen sah Hermann durch das Fenster wie eine Frau mit einem schlafenden Kind auf dem Arm aus dem Taxi stieg und die Stufen zur Wohnung hochging.

„Wer ist das, Oma?" fragte Hermann. Er hatte die Frau noch nie zuvor gesehen.

„Ach die", sagte Henny. „Monika Kawollek. Allein-stehend, verwitwet oder besser gesagt: Der Mann ist nicht heimgekehrt. Manche sagen, die ist eine Dirne. Auf jeden Fall bekommt sie häufig Herrenbesuch, wenn der Kleine schläft."

Hermann beobachtet, wie der Taxifahrer die Tasche der Frau vor der Tür abstellte. Er überlegte nicht lange und ging der Frau entgegen. „Warten Sie, ich hole Ihr Gepäck hoch", sagte er.

Die Kawollek sah ihn überrascht an. Erst wollte sie abwehren, nahm dann aber doch die Hilfe an. „Danke Junge", sagte sie und vermied es, Hermann direkt anzuschauen.

Hermann musterte ihr Profil. Sie war hübsch. Das dunkle Haar hatte sie im Nacken zu einem Knoten geschlungen. Sie trug einen blauen leichten Mantel. Hermann trug die Tasche hoch und verabschiedete sich höflich. Scheu sah sie ihn an und dankte ihm noch einmal. Sie wusste, was die Leute von ihr dach-ten und ahnte, warum der Bengel sie so ansah.

Johannas Hochzeitsfeier wurde groß in einer Gast-stätte am Steffensweg in Walle gefeiert. Es gab eine Hochzeitssuppe, die am Platz serviert wurde. Da-nach ein Buffet mit verschiedenen Speisen. Als das Hochzeitspaar die Tanzfläche mit einem Walzer er-öffnete, wartete Hermann bis alle Familienmitglieder auf der Tanzfläche waren und bat seinerseits zum

Tanz. Er tanzte mit so ziemlich allen anwesenden Damen, ob verheiratet oder nicht.

In einer Pause ließ sich Hermann schweißüberströmt in den Stuhl neben Jürgen fallen. Jürgen unterhielt sich angeregt mit seinem neuen Schwager. Günther schien ein feiner Kerl zu sein, mit leicht abstehenden Ohren und einer festen Anstellung beim Autobauer Borgward. So schlecht hatte Johanna es nicht getroffen. Günther erzählte von einem Freund, der als Schweißer bei einem Schlossereibetrieb arbeitete.

„Die haben gerade einen großen Auftrag an Land gezogen und suchen dringend noch Leute. Bewirb dich doch. Verlieren kannste nix!"

Jürgen blickte Hermann an: „Haste gehört? Die zahlen auch fünf Mark die Stunde!"

„Von mir aus! Von Antwerpen haben wir ja noch nichts gehört!", sagte Hermann. Er trank sein Glas Korn aus und sprang auf in Richtung Tanzfläche.

Der Schlossereibetrieb lag in der Nähe der B75 und sie fuhren mit Hermanns Opel vor.

„Sie können jetzt rein!" Hermann und Jürgen saßen auf unbequemen Holzstühlen vor dem Kontor, als die Sekretärin das Telefon auflegte und mit einem Nicken auf das Büro des Chefs wies.

Das Kontor war mindestens 20 Quadratmeter groß. Vor einer großen dunklen Schrankwand stand ein schwerer Schreibtisch aus Holz. An der linken Wand hing die Kohlezeichnung eines Kraftwerks und ein gerahmter Meisterbrief. Rechterhand erstreckte sich eine lange Glasfront, durch die man in die Werkhalle nach unten blicken konnte. Umgekehrt konnten die Arbeiter in das Büro ihres Chefs schauen - wenn sie denn heraufschauten.

Am Schreibtisch saß ein massiger, wohlgenährter Mann. Hermann fand, dass er eine gewisse Ähnlichkeit mit Ludwig Ehrhard, dem Wirtschaftsminister, hatte, nur dass er keine Zigarre im Mundwinkel hielt. Mit einer Handbewegung bedeutete Karl Walter den jungen Männern, Platz zu nehmen. Er blätterte in den Papieren mit den Lebensläufen.

„Können Sie schweißen, nieten?"
„Ja", antwortete Hermann.
„Drehen auch?"
Kurze Pause.
„Dafür waren bei uns die Dreher zuständig, aber das kriegen wir hin", sagte Jürgen selbstbewusst.

Walter stutzte. Irgendwas schien ihn an den Papieren zu verwirren. Er schaute auf und runzelte die Stirn. Dann fasste er sich wieder und brummte: „Hm, A.G. Weser. Im Grunde alles gute Leute, die arbeiten können. Ein bisschen verdorben und zu gewerkschaftsnah, aber schweißen können sie. Wenn Sie mir versprechen, keinen Ärger zu machen…. Ab wann sind Sie frei?"

Jürgen und Hermann wechselten einen verdutzten Blick. War der Ruf der A.G.-Weser Belegschaft so schlecht?

„Wir sind ja quasi im Urlaub. Von uns aus können wir morgen direkt anfangen!" sagte Jürgen.

Karl Walter nickte. „Gut! Gut, abgemacht. Dann also morgen. Lassen Sie sich wegen der Formalitäten von Ihrem Arbeitgeber freistellen und kommen Sie morgen um 7 Uhr. Melden Sie sich in der Halle bei Herrn Dettmers, das ist Ihr Vorarbeiter."

„Kanntest du den?" fragte Jürgen Hermann, als die beiden wieder draußen waren.

„Nee, wieso?", fragte Hermann.

„Der hat dich so komisch angeguckt!"

„Keine Ahnung, nie gesehen."

Am nächsten Tag waren sie pünktlich da. Dettmers wies sie ein. Plötzlich hörten sie draußen Bremsen quietschen. Erstaunt blickten sie auf. Draußen auf dem Freigelände stieg ein hochgewachsener gutaussehender junger Mann aus einem grünen Jaguar aus. Lässig schnipste er seine Zigarette weg und kam schnurstracks auf die Halle zu. Hermann und Jürgen blieb der Mund offenstehen, so einen hatten sie auf einer Baustelle geschweige in einer Werkstatt noch nicht gesehen.

„Aha, der Herr Junior bequemt sich zur Arbeit", lästerte einer der Arbeiter im gedämpften Ton.

„Hatte gestern Nacht wohl ein neues heißes Gerät, das er noch nieten musste", frotzelte ein anderer.

Die Arbeiter fingen an zu lachen, verstummten aber, als der Mann mit dem hellen Anzug in die Halle spazierte und ihnen kurz zunickte. „Morgen!"

„Na, immerhin grüßt er anständig" sagte der, der den Scherz über das Nieten gemacht hatte, und sie wendeten sich wieder ihrer Arbeit zu.

Dieses Schauspiel wiederholte sich am nächsten Tag und am übernächsten. John Walter war der Sohn von Karl Walter. Er studierte Maschinenbau in München und war über die Semesterferien in Bremen. Eigentlich sollte er seinem Vater zur Hand gehen. Der Senior hoffte, den Betrieb irgendwann an seinen Sohn übergeben zu können. Doch der Sohnemann verzockte seine Zeit lieber in der Arizona-Bar und fuhr seinen Jaguar spazieren. Hermann staunte über soviel Müßiggang und Chuzpe.

Neidisch blickten die Arbeiter John Walter hinterher wie er die Treppe zu seinem Vater ins Kontor hochstieg, während sie mit ihren schwieligen Händen Metallbleche zurechtschnitten und schweißten. Karl Walter zog die Vorhänge vor der Glasscheibe zu, durch die jetzt nur noch die Umrisse von Vater und Sohn durchschimmerten. Hermann sah, wie Karl Walter auf und ab ging und dabei heftig gestikulierte, während sein Sohn ruhig dastand.

„Jetzt haut der alte Walter endlich mal auf den Tisch", raunte Heinz und grinste.

„Fast vier Wochen ist der Junge schon in Bremen und war nur einen Tag hier bei uns unten im Betrieb. Morgen geht es zurück nach München. Weiterstudieren soll er – der feine Herr! Er ist schon zu lange dabei und so langsam verliert der Alte die Geduld mit ihm. Hat mir die Evelyn erzählt!"

„Evelyn, wer ist denn Evelyn?" fragte Hermann.

„Na, die Sekretärin vom Chef!", sagte Heinz. „Sie findet übrigens, dass du dem Junior ähnlich siehst."

„Ich?" fragte Hermann und schaute wieder hoch.

„Ja, die Haare und die Augen und so."

Hermann kniff die Augen zusammen. Ganz unrecht hatte Evelyn nicht.

Am nächsten Morgen stand Henny gemeinsam mit Hermann auf. Sie war noch nicht richtig angezogen und warf sich einen Morgenmantel über. Ihre grauen langen Haare hatte sie zu einem losen Knoten zusammengesteckt. Soweit sich Hermann erinnern konnte, hatte er seine Oma noch nie unfrisiert gesehen. Selbst nachts trug sie ihre Haare zum Zopf geflochten. Normalerweise war sie immer vor ihm auf den Beinen und bereitete ihm das Frühstück zu. Sie war eine Frühaufsteherin. Doch seit einigen Monaten schlief sie schlecht. Oft lag sie stundenlang wach und konnte erst in den frühen Morgenstunden wieder einschlafen. Meist stand sie auf und kochte sich einen Tee oder trank einen Schnaps und wartete darauf, dass sie wieder müde wurde. Auch ihre Augen wurden immer schlechter und es kam vor, dass sie den Zuckertopf mit dem Salztopf verwechselte, weswegen sie vorher ihren angefeuchteten Zeigefinger in die Schälchen tunkte, um zu probieren, bevor sie würzte oder süßte. Besorgt registrierte Hermann, dass auch Hennys Kleidung nicht mehr so gepflegt war wie früher. Es konnte durchaus vorkommen, dass Henny einen Fleck auf der Bluse hatte, den sie beim Anziehen nicht entdeckt hatte. Früher wäre ihr das nie passiert. Sie hatte zwar nie viel Geld besessen, aber reinlich war sie immer.

„Die Leute können noch so gut angezogen sein. Wenn die Schuhe dreckig sind oder die Unterwäsche, dann sind es keine feinen Menschen!", war einer ihrer Sätze.

Seitdem Hermann in Bremen war, hatten sie kaum die Gelegenheit gehabt, in Ruhe zu reden. Meist gingen Jürgen und er nach der Arbeit aus und wenn er spätabends nach Hause kam, lag Henny schon im Bett und versuchte zu schlafen. Oskar wartete auf ihn. Manchmal schlief er im Sessel ein. Aber wenn nicht, freute er sich auf seinen Enkel und ließ sich Geschichten aus Belgien und dem Ruhrgebiet erzählen.

„Wie gefällt dir die Arbeit?" fragte Henny und schenkte Kaffee ein.

„Gut, Oma. Wie immer!"

„Und hast du auch den Senior kennengelernt?"

„Ja, beim Vorstellungsgespräch. Gesagt hat er aber nicht viel. Der mischt sich nicht ein. Lässt alles seinen Vorarbeiter machen."

„Der hat doch einen Sohn. Was macht der denn?"

Hermann lachte auf. Er erzählte von dem schnöseligen Juniorchef, der kam und ging, wie es ihm passte. Von der Arbeit verstand er in den Augen der Belegschaft so gut wie nichts, aber es blieb ihnen nichts anderes übrig, als dem Jungspund mit Respekt zu begegnen. Henny schnaubte.

„Wenn's dem Esel zu wohl ist, dann geht er aufs Eis tanzen. Wie alt ist er denn?"

„Keine Ahnung. Mitte 20 würde ich sagen. Was ist denn mit dem? Opa schien den auch irgendwie zu kennen."

„Nichts, nichts. Ich wollte nur ein bisschen schnacken. Wir haben uns ja schon lange nicht mehr richtig unterhalten. Bist ja nur unterwegs. Der alte Walter war mal Schützenkönig bei uns in Findorff, aber das ist schon lange her. Trink mal deinen Kaffee bevor er kalt wird!"

Vier Monate lang blieben Jürgen und Hermann bei Karl Walters. Die Arbeit war in Ordnung, die Bezahlung auch. Eigentlich konnten sie sich nicht beschweren, nur Jürgen wurde zunehmend unzufriedener. Er war es nicht mehr gewohnt, unter der Fuchtel seines Vaters zu stehen und sich seinen Gewohnheiten anzupassen. Da hatte Hermann es deutlich leichter.

Nachdem Hans und Gerd ausgezogen waren, hatte er ein Zimmer für sich allein. Doch eines Tages erhielten sie einen grünen Brief. Binnen drei Wochen sollten sie sich zur Musterung im Kreiswehrersatzamt einfinden. Flugs beantragten sie eine Genehmigung, ins Ausland zu gehen und fuhren endlich nach Antwerpen.

Belgien und Italien, 1960 bis 1961

Peter begrüßte sie überschwänglich, seit fast einem Jahr hatten sie sich nicht mehr gesehen. Doch vom ersten Augenblick an war alles zwischen ihnen wie früher. Peter führte die beiden auf der Baustelle und in das Antwerpener Nachtleben ein. Tagsüber schweißten sie Rohrleitungen und Stahlbleche, abends saßen sie zusammen, tranken Bier, spielten Skat oder gingen tanzen.

Peter ließ auch in Belgien keine Gelegenheit aus und unterhielt mehrere Liebschaften gleichzeitig. Er hatte ein Händchen dafür, neue Sprachen zu lernen. Mittlerweile sprach er fließend Niederländisch und Französisch. So punktete er zugleich mit Aussehen und Sprüchen bei den belgischen Frauen.

Jürgen und Hermann hingegen taten sich schwer. Sie konnten gerade einmal die Nummer ihres Hotelzimmers auf Niederländisch sagen. Auf der Baustelle wurde Deutsch gesprochen und sie sahen keine Notwendigkeit, die Sprache zu lernen.

Über drei Monate lang arbeiteten sie in Antwerpen. Dann erfuhr Jürgen von einem Baustellenleiter, dass in Süditalien händeringend Schweißer gesucht wurden. Nahe Neapel, in Tarent und in Bagnoli, sollten zwei neue Stahlwerke entstehen. Die italienische Regierung plante die Industrialisierung des *Mezzogiornos* und pumpte Unsummen in den Süden Italiens, das als das Armenhaus des Landes galt. Genügend Platz war vorhanden und durch die strategisch gute Lage am Meer hoffte man, die Rohstoffe kostengünstiger importieren zu können als die Konkurrenz im Ruhrgebiet und in Belgien. Jürgen hatte davon in der Zeitung gelesen. Die deutschen Stahlbarone hatten damals ordentlich geschimpft und von unlauterer Konkurrenz gesprochen.

Hermann kannte Italien nur aus Erzählungen. Kollegen, die mit ihren Familien dort Urlaub gemacht hatten, schwärmten von dem italienischen Essen, der Sonne und den Stränden. Nun wollte Italien zum größten Stahlproduzenten Europas aufsteigen und warb mit hohen Löhnen. Das Problem war nur: Es gab kaum Fachkräfte. Die meisten Süditaliener lebten vom Fischfang und der Muschelzucht. Einige Ingenieure wurden aus dem Norden Italiens abgeworben, doch nur die wenigsten von ihnen wollten in den Süden ziehen. So kam es, dass ihre Duisburger Firma den Auftrag für das Rohrwerk erhielt. Hermann und Jürgen waren sofort Feuer und Flamme. Peter hingegen zögerte. Er wollte in Antwerpen bleiben, versprach aber nachzukommen.

Hermann wusste, dass Peter nicht kommen würde. Und das hatte mit Griet zu tun hatte. Griet war Peters neue Affäre. Verheiratet, einsam und eine Granate im Bett. Das entsprach genau Peters Erwartungen von einer perfekten Beziehung: Sex. Keine Fragen. Keine Verantwortung.

Sie gingen ein letztes Mal in Antwerpen aus und feierten bis in den frühen Morgen. Um die Mittagszeit wachte Hermann mit schwerem Kopf neben einer blondgelockten Frau auf. Er stöhnte und rieb sich die Spuckreste aus seinen Mundwinkeln.

„Wer, verdammt nochmal, ist das?", dachte er.

So einen Filmriss hatte er schon lange nicht mehr gehabt. Er hob die Bettdecke hoch und warf einen Blick auf die schlafende Dame. Er pfiff. Ganz so betrunken konnte er also nicht gewesen sein. Er stand auf und suchte seine Sachen zusammen, die verstreut auf dem Boden lagen. Seine Unterhose fand er nicht mehr wieder. Er würde sich einfach ein paar neue kaufen. Er zog seine Jeanshose über den nackten Hintern und spazierte zu Fuß zurück in sein Hotel. Sein Schädel brummte, jeder Schritt dröhnte wie ein Hammerschlag, aber die frische Luft tat gut. Hermann duschte heiß und ausgiebig, packte seine wenigen Klamotten in den Koffer und klopfte an Jürgens Zimmertür.

„Jürgen, Moin. Bist du soweit?"

Durch die Tür hörte er ein dumpfes Gemurmel.

Hermann ging weiter und klopfte an Peters Zimmertür. „Peter, wir fahren!"

„Jo!"

Jürgen trat auf den Flur. Er zuckte mit dem Schultern, als Hermann fragte, ob er sich noch von Peter verabschieden wollte. Jürgen wusste, Peter würde es ihm nicht übelnehmen, wenn sie einfach fuhren. Sie hatten gestern genug gefeiert. Nicht ganz nüchtern, stiegen sie in Hermanns gelben Opel Rekord.

„Süditalien?" fragte Jürgen.

„Süditalien!" grinste Hermann und trat aufs Gaspedal.

Sie fuhren über Luxemburg und die Schweiz. Einer fuhr, der andere schlief. In der Schweiz überraschte sie ein Gewitter. Hermann döste vor sich hin und beobachtete, wie sich die Regentropfen an seinem Fenster ein Wettrennen lieferten. In den frühen Morgenstunden erreichten sie Italien. Hinter Mailand wechselten sie ihr deutsches und belgisches Bargeld in italienische Lira und nahmen in einer Bar ein kleines Frühstück bestehend aus einer Brioche und einem Cappuccino zu sich.

Sie näherten sich dem Stiefelabsatz Italiens. Je weiter sie in den Süden vordrangen, desto heftiger wurden die Schlaglöcher. Sie mussten abbremsen, um nicht zu hart aufzuschlagen. Die Mittagssonne brannte auf das Autoblech. Im Wagen war es unerträglich heiß. Hermann hatte sein Fenster heruntergekurbelt und ließ seinen Unterarm raushängen. Jürgen rauchte eine Zigarette nach der anderen und trank warm gewordene Zitronenlimonade. Die Hemden klebten an ihren Oberkörpern. Verschwitzt und übermüdet kamen sie in Tarent an.

Sie passierten das Viertel Tamburi. Eine Reihe merkwürdig verdrehter Bäume säumte den Weg. Olivenbäume. Dahinter war alles gefällt worden. Auf der anderen Straßenseite ragten zwei antike dorische Säulen hinter einer niedrigen Mauer empor. Die Mauer trennte die Straße von der Altstadt.

Sie fuhren weiter in Richtung Neustadt und kamen an einer runden, steinernen Festung vorbei, die sich dickbäuchig an die Straße schmiegte. Über eine Drehbrücke gelangten sie ins *Borgo*, ins Zentrum der Stadt. Sie befanden sich auf einer Art Landzunge zwischen dem *Mar Piccolo* und dem *Mar Grande*. Auf dem *Mar Grande*, dem großen Meer, tanzten Sonnenstrahlen auf den Wellenspitzen des dunkelblauen Wassers. Hinter der Brücke wussten sie nicht mehr weiter. Die Straße gabelte sich und nirgends war ein Schild zu entdecken. Sie hielten an und stiegen aus. Eine Gruppe von Tauben stob auseinander.

„Hier irgendwo muss das Hotel sein."

Jürgen faltete die Karte auseinander und fuhr mit dem Zeigefinger die Straßenlinie nach. Es war heiß, aber es wehte ein überraschend angenehmer Wind. Jürgen zog den klebrigen Stoff von seiner Haut und versuchte sich den Wind unter das Hemd wehen zu lassen. Mit dem Handrücken wischte er sich den Schweiß von der Stirn.

„Es kann nicht mehr weit sein", sagte er. „Hier!" Er tippte auf die Karte. „Ich würde sagen, wir müssen diese Straße weiter rechts runter und dann muss es da irgendwann kommen."

Eine Gruppe von Kindern kam auf sie zu. Der Kleinste war höchstens drei, der Größte vielleicht neun Jahre alt. Sie befühlten das heiße Blech des Wagens und redeten durcheinander. Sie schienen etwas zu fragen. Hermann und Jürgen verstanden kein Wort. Neugierig beäugten die Kinder den blonden braungebrannten Mann und den dunkelhaarigen neben ihm, der einen lustigen Schnäuzer trug. Die meisten von ihnen waren barfüßig, ihre Zähne strahlten weiß aus den schmutzigen Gesichtern. Jürgen schüttelte den Kopf und zeigte auf seine Ohren, um ihnen zu signalisieren, dass er sie nicht verstand. Der Größte von ihnen, offenbar der Anführer, lächelte und sagte erneut etwas auf Italienisch, was wie eine Frage klang.

„Na gut", dachte Jürgen und ließ es auf einen Versuch ankommen. Er sagte den Namen des Hotels und zeigte auf die Karte. Der Junge pfiff anerkennend durch die Zähne und wies auf die Straße, die nach rechts führte. Jürgen bedankte sich und gab dem Jungen ein paar Münzen, die dieser flink in seine Hosentasche gleiten ließ.

Sie erreichten das Hotel. Das Haus war eines der neueren Gebäude in Tarent und lag direkt am Meer. Nebenan wurde bereits ein weiteres Hotel gebaut. Dahinter begann das platte Land. Auf der anderen Seite des Wassers konnten sie Tamburi sehen und die riesige gerodete Fläche. Dort sollte das neue Stahlwerk entstehen. Hermann schnalzte mit der Zunge. „Nicht schlecht!

Sie nahmen ein Bad im Meer. Danach duschten sie das Salz auf ihrer Haut ab und warfen sich aufs Bett. Zeit für ein Mittagsschläfchen.

Der Baustellenleiter machte einen ordentlichen Eindruck. Frederico kam aus Genua und sprach etwas Deutsch, er übernachtete wie Hermann und Jürgen im Hotel. Am Wochenende fuhr er nach Genua zurück. Die süditalienischen Arbeiter, die aus den umliegenden Orten Bari und Lecce gekommen waren, schliefen hingegen in eilig zusammengezimmerten Baracken im Hinterland Tarents. Hier lebten sie in Gruppen von sieben bis acht Mann, kochten und spielten Karten. An ihren freien Wochenenden fuhren sie ebenfalls nach Hause zu ihren Familien. So gab es eine seltsame Trennung zwischen den süd- und norditalienischen Arbeitern. Und da außer Frederico keiner von ihnen Deutsch sprach, lernten Hermann und Jürgen notgedrungen die ersten Brocken Italienisch.

Tagsüber wurde es im Sommer so heiß, dass die Schweißarbeiten in die frühen Morgenstunden verlegt wurden. Zwischen 14 und 19 Uhr ruhte die Arbeit und mit ihr die ganze Stadt. Hermann und Jürgen verbrachten ihr erstes freies Wochenende am *Lido Taranto*, dem kleinen Strandbad direkt vor ihrem Hotel. Hermanns Haar blich noch weiter aus und selbst Jürgen, der eigentlich eher blass war, bekam etwas Farbe. Am *Lido Taranto* waren hauptsächlich Kinder und Familien. Die Tarentiner Kumpels lachten als sie hörten, dass die beiden *Tedeschis* dort baden gingen. Die Jugend traf sich am *Lido Bruno*, einem Strand südlich von der Stadt. Am nächsten freien Sonntag fuhren Hermann und Jürgen dorthin.

Es war das erste Mal seit ihrer Ankunft, dass sie die Stadt verließen. Direkt hinter dem Hotel begann die Provinz. Das Hinterland mit seinen riesigen Agaven und knorrigen Olivenbäumen zog an ihnen vorbei. Sie passierten die Baracken, in denen ihre süditalienischen Kollegen wohnten und sahen zahlreiche Baustellen, auf denen neue Häuser entstehen sollten. Die Stadt wuchs. Noch bevor das Stahlwerk überhaupt fertig war, zog es die Menschen aus den umliegenden Dörfern nach Tarent.

Es war bereits nach Mittag als sie am *Lido Bruno* ankamen. Die Sonne stand hoch und brannte heiß auf sie nieder. Der Strand war voll mit Menschen. Kinder spielten mit dem Ball im Sand, Jugendliche plantschten im Wasser, während die Mütter und Väter auf Decken saßen, Kuchen und Obst auf Teller verteilten und nach ihren Kindern riefen. Hermann schwitzte und freute sich auf das Wasser. Er hatte die naive Hoffnung, dass das Meer ihn abkühlen möge, doch es war viel zu warm. Noch tropfend schmiss Hermann sich auf sein Handtuch und schaute sich um. Der Strand war flach und breit, das Ionische Meer breitete sich seicht und weit vor ihm aus, links und rechts gab es ein paar Gesteine. In sanften Wellen rollte das Wasser heran. Hermann steckte noch die Arbeit der vergangenen Woche in den Knochen. Die Müdigkeit krabbelte in ihm hoch. Er streckte sich auf dem feinen warmen Sand lang. In kleinen Rinnsalen lief ihm der Schweiß von seinen Achselhöhlen an den Seiten herunter, seine Arme und Beine wurden schwer und er dämmerte weg.

Jürgen konnte in der Sonne nicht schlafen. Er döste mit halb geöffneten Augen vor sich hin, drehte sich auf den Bauch, verschränkte die Arme und stützte seinen Kopf auf seine Fäuste. So beobachtete er durch seine Sonnengläser das Treiben am Strand. Er mochte dort so zehn Minuten gelegen haben, als sich ihm zwei große runde Pobacken in einer gepunkteten Bikinihose in den Blick schoben. Witternd hob er den Kopf. Er sah eine schmale Taille und lange dunkle

Locken, die sich auf einem braungebrannten Rücken kringelten. Die meisten jungen Frauen trugen ihre Haare bis zu den Schultern. Gelegt und geföhnt, das war in Italien nicht anders als in Deutschland. Hier aber lockten Wildheit und Unbekümmertheit. Die Trägerin dieser Lockenpracht hüpfte neben ihren Freundinnen über den heißen Sand. Sie lachte, erzählte und hüpfte und merkte gar nicht, wie sie beim Gehen den Sand aufwirbelte, der auf die Handtücher der umliegenden Badegäste rieselte. Jürgen war mit einem Mal hellwach, sein Herz klopfte bis zum Hals. Aufgeregt knuffte er Hermann in die Seite.

„Hermann, Hermann. Wach auf!"

Hermann reagierte erst nicht, dann schreckte er hoch. Sein Herz klopfte ihm bis zum Hals. „Mensch Jürgen, hast du mich verjagt. Was ist denn?"

„Ich habe mich verliebt!"

„Was? Das ist nicht dein Ernst! Und deswegen weckst du mich?", stöhnte Hermann.

Entnervt ließ er sich zurück aufs Handtuch fallen. Sein Herzschlag beruhigte sich, gerne hätte er weitergeschlafen, doch Jürgen stieß ihm immerzu den Ellenbogen in die Rippen. Er ließ das Mädchen nicht aus den Augen. Seine Kehle wurde trocken, er schluckte schwer, setzte sich auf, damit er sie besser sehen konnte, reckte den Hals und folgte ihr mit seinen Blicken, die hinter der Sonnenbrille gut versteckt waren. Starr wie ein Kaninchen blieb er so sitzen, als das Mädchen auf dem Rückweg vom Wasser zu ihrem Handtuch wieder an ihm vorbeiging. Ruckartig drehte er sich um und versuchte herauszufinden, wo ihr Platz war. Doch in dem Getümmel konnte er sie nicht ausmachen.

Auf der Rückfahrt sagte Jürgen keinen Ton. Er war unglücklich und schalt sich für seinen Moment der Unachtsamkeit. Sie war an ihm vorbei zurück zu ihrem Platz gegangen und als er nur einen Moment nicht aufgepasst hatte, war sie verschwunden. Fortan wollte Jürgen, wann immer sie frei hatten, zum *Lido Bruno* fahren. Selbst in der Mittagspause, die zwar lang, aber für eine Fahrt raus aus der Stadt nicht lang genug war, überredete er Hermann, mit ihm zum Strand zu fahren. Doch es sollte noch zwei endlose Wochen dauern, bis Jürgen das Mädchen wiedersah.

Es war wieder ein Sonntag. Zunächst hatte Jürgen den *Lido Bruno* ohne Erfolg ausgespäht, um sich dann auf dem exakt gleichen Platz niederzulassen, von wo aus er sie das erste Mal gesehen hatte. Hermann ging schwimmen, sonnte sich und schlief ein. Jürgen wartete. Eine Stunde, zwei Stunden. Und traute sich nicht vom Platz. Er hatte Angst, dass das Mädchen genau dann auftauchen würde, wenn er den Platz verließe. Jürgen sah auf die Uhr. Es war schon fast 17 Uhr. Enttäuscht wollte er sein Handtuch zusammenrollen und in die Sporttasche packen, da hörte er ein lautes kehliges Lachen. Er hielt inne. Das war sie. Er musste sie übersehen haben. Er sprang auf und sah sich hektisch um. Hermann wachte auf und das erste, was er sah, waren Jürgens weiße Füße. Erstaunt blickte er hoch zu seinem Freund, der wie eine Säule dastand und sich nicht regte. Jürgen hatte sich die Zeit zuvor in Selbstgesprächen ein paar italienische Worte zurechtgelegt, damit er dieses Mädchen ansprechen konnte. Doch als sie in greifbarer Nähe an ihm vorbei Richtung Wasser ging, stockte ihm der Atem. Sein Gehirn war wie leergefegt. Er rührte sich nicht und schaute ihr nur stumm hinterher.

Annamaria Mancini hatte den jungen schlaksig wirkenden Mann bemerkt. In Tarent und Umgebung kannte jeder jeden. Die einzig Fremden waren die amerikanischen Marinesoldaten. Und die waren leicht zu erkennen an ihren weißen Uniformen. Außerdem war sie für eine Italienerin groß. Über 1,70 Meter. Das verschaffte ihr den Vorteil, dass sie eine Situation sofort überblickte. Der Nachteil ihrer Größe war, dass sich nur wenige Männer an sie herantrauten. Sie bedauerte das sehr. Bewusst wählte sie den Weg am Handtuch der beiden ausländischen Männer vorbei. Sie genoss die Blicke, die sich in ihre Rückseite bohrten und watete betont langsam ins Wasser. Mit einem eleganten Sprung nach vorn tauchte sie unter und schwamm so lange unter der Wasseroberfläche wie es die Luft in ihren Lungenflügeln erlaubte. Mit dem Gesicht nach oben tauchte sie auf, legte den Kopf in den Nacken, so dass ihre Haare nicht an der Stirn festklebten. Fast unmerklich neigte sie ihren Kopf zur Seite und lächelte in Jürgens Richtung. Der stand immer noch untätig auf seinem Handtuch. Er brauchte einen Moment, um zu realisieren, dass sie ihn ansah. Endlich besann er sich. Er gab sich einen Ruck und ging erst langsam, dann immer entschlossener Richtung Wasser. Er wusste nicht, was er sagen sollte, er wusste nur, er musste zu ihr.

Hermann beobachtete grinsend die Szene. So unbeholfen hatte er Jürgen noch nicht erlebt. Zwar war Jürgen immer schon tollpatschig gewesen, aber dass er stumm wie ein Fisch blieb, war untypisch für ihn. Immer hatte er einen lockeren Spruch auf den Lippen und wenn er sich selbst dafür auf den Arm nehmen musste. Von weitem sah er, wie Jürgen gestikulierte. Sein Brustkorb hob und senkte sich vor lauter Aufregung, er breitete seine langen Arme aus, streckte sie in die Luft und ließ sie wieder fallen. Wahrscheinlich stotterte er gerade. Hermann konnte nichts verstehen, erkannte aber, dass das Mädchen ihm nicht abgeneigt zu sein schien. Dafür blieb sie schon zu lange stehen. Irgendwann nickte sie Jürgen freundlich zu und verabschiedete sich auch von Hermann mit einem Lächeln.

Später konnte Jürgen nicht berichten, worüber er sich mit dem Mädchen unterhalten hatten. Er hatte lediglich in Erfahrung gebracht, dass sie Annamaria hieß. Sie hatte „*Trattoria Nero*" gesagt und einen Namen dazu genannt, den Jürgen nicht richtig verstanden hatte. Das sollte ihm nicht wieder passieren.

Von jenem Tag an ging er nur noch mit einem deutsch-italienischem Wörterbuch in der Hand vor die Tür. Er wollte so schnell wie möglich Italienisch lernen. Hermann lernte mit. Er weigerte sich jedoch, Jürgen auf seinen Streifzügen durch die Straßen Tarents zu begleiten.

Jürgen war wild entschlossen, Annamaria zu finden und klapperte jede Trattoria ab, die er kannte oder von der er hörte. Und endlich wurde er fündig.

Die Trattoria *Il Gallo Nero* lag in unmittelbarer Nähe zu dem Platz vor der Drehbrücke, wo Jürgen und Hermann bei ihrer Ankunft angehalten hatten, um nach dem Weg zum Hotel zu fragen. Es lag im *Borgo*, in der Nähe des Hafens. Jürgen schlenderte an der Uferpromenade entlang, als er sie sah. Sie räumte Gläser von einem Tisch ab und ging mit dem vollen Tablett ins Lokal. Sein erster Impuls war ihren Namen zu rufen, doch er hielt sich zurück. Er wechselte auf die andere Straßenseite. Hier versteckte er sich im Dunkeln eines Hauseingangs und wartete. Er hoffte, dass sie wieder rauskam, doch draußen auf der Terrasse saßen keine Gäste mehr. Er überlegte, ob er reingehen sollte, doch da trat sie vor die Tür, gefolgt von einem Mann und einer weiteren Frau. Der Mann schloss ab. Annamaria und die Frau redeten und lachten und bemerkten ihn nicht. Als sie um die Ecke verschwunden waren, kam Jürgen aus seinem Versteck heraus. Nun wusste er, wo sie arbeitete. Er beschloss, sie gleich am nächsten Tag zu besuchen. Pfeifend ging er zurück zum Hotel und berichtete Hermann von seinem Treffer.

Annamaria lächelte als sie die beiden jungen Männer erkannte. Der Kellner, ein junger Mann, den Jürgen am Vorabend nicht gesehen hatte, wies ihnen einen Tisch zu. Wie überall in Tarent stand die Spezialität der Stadt *Spaghetti con cozze*, Nudeln mit Miesmuscheln, auf der Karte. In dem *Mar Piccolo*, in dem kleinen Meer, wurden die Miesmuscheln gezüchtet. Sie gediehen hier wunderbar wegen des geringen Salzwassergehaltes. Jürgen bestellte auf Italienisch. So wie er „*cozze*" aussprach, klang es wie „Kotze" und Hermann lachte laut auf. Jürgen blickte ihn wütend an und Hermann verkniff es sich augenblicklich. Interessiert musterte er den Goldflaum auf seinen braungebrannten Unterarmen, bestaunte den Kontrast zu dem weißen Tischtuch und presste krampfhaft die Lippen zusammen, während Jürgen erneut im brüchigen Italienisch das Gericht bestellte.

Hermann mochte keine Muscheln. Sie waren für ihn nichts weiter als ein Filter des Meerwassers, so wie es die Nieren im Körper eines Menschen oder eines Tieres waren. Also wählte er eine *Tagliata* mit Rucola, Tomaten und Parmesan und im zweiten Gang ein Stück Rindfleisch. Dazu bestellten sie apulischen Rotwein.

Annamaria brachte ihnen die Getränke. Sie sagte nichts außer „*prego*" und vermied es, Jürgen anzusehen Er ahnte, dass ihre Zurückhaltung mit dem Mann zu tun hatte, der hinter der Theke Getränke ausschenkte und lautstark die Gäste begrüßte, die das Lokal betraten. Als sie den Wein auf den Tisch stellte, berührte sie jedoch wie zufällig Jürgens Arm.

In den Folgetagen wollte Jürgen wieder und wieder in die Trattoria. Er fand heraus, dass das *Gallo Nero* Annamarias Onkel gehörte, dem Bruder ihrer Mutter. Annamaria arbeitete dort jeden Tag außer sonntags und montags. Sie brachte die Getränke raus, half in der Küche und räumte die Tische ab. Stolz erzählte sie den Gästen, dass der Fisch, der im Restaurant serviert wurde, morgens von ihrem Vater gefangen worden war. Ihr Vater war Fischer, wie alle Männer in ihrer Familie. Ihr Onkel war der Erste, der etwas anderes tat. Und das Restaurant lief gut, besonders seitdem die ersten Arbeiter für das Stahlwerk nach Tarent gekommen waren.

Irgendwann hatte Hermann genug. Er wollte nicht mehr ins *Gallo Nero*. Ihm stand der Sinn nach Schnitzel und einem Fernseher, in dem ein Fußballspiel gezeigt wurde.

„Ich habe die Karte schon einmal hoch und runter bestellt. Ich kann keine Muscheln mehr riechen oder sehen. Kümmere dich jetzt mal schön alleine um dein Mädchen!"

Alleine wollte Jürgen nicht im *Gallo Nero* essen gehen, das wäre ihm zu auffällig gewesen. Also versteckte er sich kurz vor Feierabend in dem Hauseingang gegenüber der Trattoria, um herauszufinden, wo Annamaria nach der Arbeit hinging. Unverhofft stand Annamaria alleine vor der Tür und wartete auf ihren Onkel und ihre Tante. Er pfiff. Sie blickte in die Dunkelheit hinein, konnte ihn aber nicht erkennen.

„Hier bin ich!", rief Jürgen und ließ seine Zigarette aufglimmen. Sie lächelte. Da traten ihr Onkel und ihre Tante aus dem Laden. Sie gingen zu Fuß Richtung Neustadt. Jürgen folgte ihnen in einigen Metern Entfernung. Unterwegs erzählte Annamaria laut, dass sie am Sonntag, wenn sie freihabe, wieder zum *Lido Bruno* fahren wolle, gemeinsam mit ihrer Freundin. Vor einem großen Stadthaus in der *Via Pitagora* hielten sie an und gingen rein. Jürgen studierte das Klingelschild und fand Annamarias Nachnamen. Jetzt wusste er, wo sie wohnte und wo er sie am Sonntag treffen würde.

Dieses Mal wusste Jürgen, wo er sie suchen musste. Schnell hatte er Annamaria ausgespäht. Doch Annamaria hatte nicht nur eine Freundin, sondern eine ganze Clique dabei. Sie würdigte Jürgen keines Blickes. Todunglücklich fuhr er mit Hermann zurück zum Hotel und sprach kein Wort. Hermann versuchte ihn aufzumuntern und versprach, am Dienstag wieder mit ihm ins Gallo Nero zu gehen.

Schließlich nahm Annamaria die Sache selbst in die Hand und schob Jürgen unauffällig eine Serviette unter. Sie sah ihn dabei so eindringlich an, dass er die Serviette sofort in seiner Hosentasche verschwinden ließ. Zurück im Hotelzimmer holte Jürgen die Serviette hervor und übersetzte Wort für Wort. Plötzlich wurde er aufgeregt. Sie wollte ihn um 24 Uhr am Stadtstrand treffen. Jürgen schaute auf seine Uhr. Es war kurz nach zehn. Er hatte noch Zeit. Er duschte und zog sich um. Um kurz vor Mitternacht ging er raus. Nervös wartete er unter den Palmen vor dem *Lido Taranto* auf Annamaria. Endlich tauchte sie aus dem Dunkeln auf. Sie war wunderschön. Er wollte etwas sagen, doch sie presste ihren Finger auf seine Lippen und küsste ihn.

Als sie sich voneinander lösten, redete sie so schnell, dass er nur Bruchteile verstand. Doch er verstand, dass am Strand ihre Brüder dabei gewesen waren und sie deswegen nicht mit ihm reden konnte. Erleichtert schloss er sie in die Arme. Sie lächelte, nahm ihn bei der Hand und zog ihn hinter die dicken Agavenblätter auf eine Bank.

Tarent war eine ruhige kleine Stadt. Außer sonntags und in den warmen Sommernächten. Dann fluteten die Menschen die Straßen, belagerten die Bars und Cafés, aßen Eis und plauschten. Stetiges Stimmengewirr lag in der Luft, übertönt nur vom lauten Geknatter der Vespas, die durch die engen Gassen kurvten. Das unbeschwerte Leben kulminierte in diesen zwei, drei Stunden vor der Nachtruhe. Zurück blieben die Liebenden, die im Schutz der Dunkelheit auf den steinernen Bänken am *Mar Grande* schmusten.

Annamaria organisierte die heimlichen Treffen. Sie alleine wusste, wann sie sich aus dem Haus stehlen konnte, ohne dass jemand etwas bemerkte. Jürgen verzehrte sich nach ihr und lernte weiter Italienisch. Als er überzeugt war, dass sein Italienisch passabel genug war, hielt er um ihre Hand an.

Annamaria lachte und weinte zugleich, sie küsste ihn vor Freude, doch dann wurde sie ernst.

„Du musst zuerst mit meinem Vater sprechen", sagte sie. „Und mit meinen Brüdern!"

„Mit deinen Brüdern? Aber du bist doch die Älteste von euch vieren!" Neben zwei jüngeren Brüdern hatte Annamaria noch eine kleine Schwester.

„Mann bleibt Mann! Wenn sie nein sagen, wird auch mein Vater nein sagen", sagte Annamaria.

Die Angelegenheit war heikel. Annamarias Familie war streng katholisch und die Brüder fühlten sich verantwortlich für ihre zwei Schwestern. Pierluigi und Carlogero, Luigi und Carlo genannt, waren als Aufschneider bekannt. Doch Jürgen hatte keine Wahl. Er musste sich bei ihnen einschmeicheln.

Mit Pierluigi hatte Jürgen leichtes Spiel. Er durfte Hermanns Opel lenken, wenn sie sich samstags in großer Runde vor der Bar SEM trafen. Anfangs stockend, später mit aufheulendem Motor und quietschenden Reifen drehte Pierluigi seine Runden. Jürgen schwitzte. Pierluigi besaß keinen Führerschein und er hatte Hermann versprochen, für etwaige Schäden aufzukommen. Doch Jürgen hatte Glück und Pierluigi setzte den Wagen nicht vor die Steinmauern der Stadt. So gewann Jürgen die Gunst des kleineren Bruders. Der Ältere, Carlogero war schamloser. Er lieh sich Geld, das er vergaß zurückzugeben, und ließ sich einladen. Endlich machte er den Weg frei und lud Jürgen zum sonntäglichen Mittagessen bei seiner Familie ein. Nach der Kirche sollte er vorbeikommen. Jürgen zog einen Anzug, weißes Hemd und Krawatte an und besorgte Naschwerk für die Frauen sowie Tabak für die Männer.

Annamarias Vater Vincenzo Mancini war Fischer. Man sah ihm die Jahreszeiten und die Arbeit auf dem Wasser an. Die Haut tiefbraun gebrannt und ledrig, die Lippen aufgesprungen, die Hände schwielig. Von der Statur her war er klein und untersetzt. Seine Frau hingegen musste einmal zart und schlank gewesen sein. Ihre Schultern und Handgelenke waren immer noch schmal, während ihr Oberbauch sich rundlich wölbte und zwei dicke Brüste darauf lagen. Wohl der Mutter war es zu verdanken, dass Annamaria so wohlgeraten war. Annamarias Schwester Rosalie hatte Jürgen schon gesehen. Ein kleines ernstes Mädchen mit braunen Zöpfen, braunen Augen und einem ruhigen bedachten Auftreten. Carlogero steckte mitten in der Pubertät, seine Haut war übersät mit entzündeten roten Pickeln, da half auch die Arbeit als Fischer in der Sonne und an der frischen Luft nicht viel. Pierluigi hingegen war schmal und schmächtig und hatte das Gesicht eines Milchbubis.

Jürgen wusste, was von ihm erwartet wurde. Überschwänglich lobte er die gute Küche der Mutter und aß mit großem Appetit. In nahezu fließendem Italienisch und buntesten Farben erzählte Jürgen von seiner Heimat, den riesigen Tankern, an denen er mitgebaut hatte, von seinem Vater, prachtvolle, luxuriöse Autos baute, und von seinen Geschwistern, die ebenfalls alle in Lohn und Brot standen. Er dankte Gott, dass er katholisch getauft war, und schaffte es letztlich Papa Mancini für sich zu gewinnen. Dennoch brauchte Jürgen fünf weitere sonntägliche Besuche, bis er sich traute, um Annamarias Hand anzuhalten. Als der Vater sein Einverständnis gab, ging alles ganz schnell und Annamaria und Jürgen grüßten als Verlobte im Anzeigenteil der *Gazzetta di Taranto*.

Von nun an durften sich Jürgen und Annamaria in der Öffentlichkeit treffen. Sie gingen ins *Orféo*, dem Kino in der *Via Pitagora*, bei schönem Wetter fuhren sie an den Strand. Immer mit dabei waren Carlo, Pierluigi oder Annamarias kleine Schwester Rosalie. Sie war zwar erst 12 Jahre alt, aber der Garant dafür, dass Annamaria pünktlich nach Hause kam und nichts Ungehöriges geschah. Rosalies ruhiges und bedachtes Auftreten täuschte. Jürgen und Annamaria mussten sie bestechen, um ungestört zu sein. Andernfalls, so drohte Rosalie, werde sie dem Vater erzählen, dass Annamaria und Jürgen sich ständig küssten und im Auto schmusten.

Für Hermann bedeutete die Verlobung, dass Jürgen nun noch weniger Zeit für ihn hatte. Nach der Arbeit traf er sich mit seinen süditalienischen Kollegen von der Baustelle. Am Wochenende fuhren die meisten jedoch von ihnen zu ihren Familien in die umliegenden Ortschaften zurück. An einem Samstagabend schloss er sich Jürgen, Annamaria und der kleine Rosalie an. Sie fuhren raus nach *Martina Franca* zum Tanzen.

In *Martina Franca* gab es eine große altehrwürdige Villa. In der Mitte des Gartens war ein Rondell aus Holzdielen aufgebaut. Verliebte Paare schoben sich über die Tanzfläche und Jürgen und Annamaria ergriffen sofort die Gelegenheit, auf Tuchfühlung gehen zu können. Hermann setzte sich mit Rosalie an einen Tisch.

Annamaria hatte versprechen müssen, spätestens um 22 Uhr wieder zu Hause zu sein, damit ihre kleine Schwester nicht zu spät ins Bett käme. Die langweilte sich und zog genervt die Augenbrauen hoch, wenn man sie ansprach. Auch Hermann war genervt. Worüber in Drei-Gottes Namen sollte er sich mit der Kleinen unterhalten? Tanzen wollte er nicht mit ihr. Er hatte gerade eine hübsche Schwarzhaarige im Blick, konnte aber Rosalie nicht alleine lassen, solange Jürgen und Annamaria noch auf der Tanzfläche waren. Um die Stimmung zu heben, führte er dem Mädchen Tricks mit Bierdeckeln vor, doch Rosalie blickte sauertöpfisch drein und nuckelte an ihrer Limoflasche.

Als Jürgen und Annamaria glücklich und außer Puste von der Tanzfläche zurückkamen, wollte Hermann aufstehen und die Schwarzhaarige auffordern, als Rosalie ihm zuvorkam.

„Ich habe Bauchschmerzen, ich will nach Hause!", verkündete das Mädchen.
„Aber es ist doch erst 21 Uhr?", wand Annamaria ein.
„Trotzdem, mir geht es nicht gut!"

Annamaria nannte ihre Schwester bei allerlei zärtlichen Kosenamen, doch vergebens. Rosalie blieb hart. Herausfordernd blickte sie ihre große Schwester an. Hermann konnte es nicht fassen, als Jürgen Annamarias Handtasche und Strickjacke nahm, um sich auf den Weg zu machen.

„Das kann doch nicht angehen! Jürgen! Du lässt dir von dieser vorlauten Göre diktieren, wann du nach Hause fährst?"

Jürgen sah Hermann verzweifelt an. „Mensch Hermann. Was soll ich denn machen?"

„Mann, Mann, Mann. Wo sind die alten Zeiten hin? Wo ist mein bester Kumpel?", fragte Hermann.

Er drehte sich um und stapfte zurück zum Wagen. Auf der gesamten Rückfahrt sprach er kein Wort mehr.

Am nächsten Morgen hatte Hermann frei. Jürgen war bereits auf dem Weg zur Kirche und Hermann beschloss, seine Großeltern anzurufen. Das letzte Mal hatte Henny geschrieben, dass ihre Augen immer schlechter würden. Schreiben würde ihr zunehmend schwerfallen, besser sei es, sie würden telefonieren. Hermann wählte die Nummer seiner Großeltern und ließ sich zurückrufen. Vom Hotel aus wurde es sonst sehr schnell sehr teuer. Hermann beschwerte sich über Jürgen.

„Der wird wieder ganz fromm Oma. Jeden Sonntag geht er zur Messe."

Henny lachte. Sie mochte Jürgen, aber sie hielt nicht viel von der Kirche. Zwar waren sie und ihre Kinder evangelisch getauft, aber die Institution an sich sah sie kritisch.

„Im Namen der Kirche ist schon so viel Unheil geschehen. Alle Kriege der Vergangenheit hatten irgendwie mit dem Glauben zu tun. Was ist das für ein
Gott, der so etwas zulässt?", schimpfte sie.

Die christlichen Feiertage feierte sie dennoch. Sie
fragte Hermann, ob er Weihnachten nach Hause
käme.

Hermann überlegte. Im vergangenen Jahr war er in
Belgien auf der Baustelle geblieben. An Feiertagen
gab es einen saftigen Lohnzuschlag. Jürgen würde si-
cherlich in Italien bleiben und mit Annamarias Familie feiern. Also versprach er seiner Oma, nach Hause
zu kommen.

Nach dem Telefonat spazierte Hermann durch die
Altstadt. Er war gerne zu Fuß unterwegs. So konnte
er am besten nachdenken. Er musste sich ein Hobby
suchen. Am liebsten Fußball. Er wusste nicht, ob und
wenn ja, wo es möglich war, und er nahm sich vor,
am Montag seine Kollegen zu fragen. Vielleicht gab
es ja noch eine Mannschaft, die einen Mitspieler
suchte. Er überlegte sogar, in eine der Baracken zu
ziehen. Zwar waren die nur spartanisch eingerichtet,
aber so konnte er wenigstens für sich kochen und
musste nicht immer im Restaurant essen gehen. Doch
er verwarf den Gedanken wieder.

Einmal war er zu Besuch bei seinen süditalienischen Kollegen. Ricardo konnte besonders gut kochen. Tütenweise trug er die Lebensmittel in die Baracke, wo er auf nur zwei Herdplatten ganze Menüs
zauberte. Kaum einer der Männer hielt sich drinnen
auf. Auf Klappstühlen saßen sie vor der Tür zusammen und träumten von einer besseren Zukunft.

Hermann mochte die südländische Atmosphäre
und den Zusammenhalt. Das war etwas, was er
schon immer zu schätzen wusste, auf der Werft und
auf den Baustellen. Je gefährlicher die Arbeit war,
desto mehr hielten die Männer zusammen. Da spielte
es keine Rolle, ob man Norditaliener, Süditaliener
oder Deutscher war. Dumm war nur, dass die meisten am Wochenende heimfuhren.

Vor einer Bar blieb Hermann stehen. Er hatte Hunger. Wie alle Häuser in der Altstadt, wirkte auch dieses Gebäude verkommen. Die Steinmauer bröckelte
und der Schriftzug war nicht mehr zu erkennen. Einst
hatten in den Palazzi die Noblen und Adeligen Tarents gelebt und gefeiert, jetzt lebten nur noch die Armen und Alten hier. Wer es sich leisten konnte, zog
in die Neustadt in ein modernes neues Heim. Kinder
spielten in den Straßen und die Szenen erinnerten ihn
an Gröpelingen. Hermann bestellte Kaffee und Pa-
nini an der Theke und setzte sich nach draußen an
einen kleinen Tisch. Er schlug die Zeitung auf, die auf
dem Tisch lag, als ihm eine Katze um die Beine strich
und schnurrte.

Die Katze war gestreift und sah gut genährt aus. Für gewöhnlich liefen in der Altstadt mehr verwahrloste Katzen und Hunde rum als Kinder. Diese Katze hatte es offenbar geschafft, mehr Küchenabfälle abzustauben als ihre Artgenossen. Hermann streichelte über ihr struppiges Fell. Sie erinnerte ihn an die Katze, die er als Kind in Bredbeck hatte.

In Bredbeck hatten sie das letzte Kriegsjahr auf einem Bauernhof verbracht, nachdem das Haus in Findorff bei dem großen Bombardement zerstört worden war. Der Bauer, der sie aufnehmen musste, empfand sie als Last und unnötige Mitesser. Trotzdem war für Hermann dieses Jahr eines der schönsten Jahre seiner Kindheit. Er liebte das Leben und Treiben auf dem Hof. Alle mussten mit anpacken. Auch er, der gerade einmal vier Jahre alt war. Seine Aufgabe war es, jeden Morgen im warmen Hühnerstall die Eier einzusammeln. Wehe, wenn eins zerbrach! Dann schimpfte der Bauer bis er weinte und sie bekamen nur das eine zerdetschte Ei. Danach fütterte er die Kühe und die Schweine, klaubte Äpfel, Birnen und Zwetschgen auf und wenn er seine Arbeit beendet hatte, spielte er mit der Katze des Bauern. Hermann nannte sie Mulmul.

Eines Tages bekam Mulmul Junge. Drei waren es an der Zahl. Ockerfarben mit weißen Streifen. Sie waren wunderschön. Hermann verbrachte jede freie Minute bei ihnen in der Scheune. Fasziniert streichelte er die kleinen Fellknäuel. Noch hatten sie ihre Augen geschlossen, doch bald würden sie sie öffnen.

Dazu kam es nicht mehr. Eines Nachmittags fand Hermann Mulmul mit nur einem Katzenkind vor. Die beiden anderen waren verschwunden. Hermann suchte überall, konnte sie aber nicht finden. Er rannte zu Henny, die gerade Wäsche wusch.

„Die Katzenjungen? Die liegen da in dem Wäschesack. Die Große und eine Kleine reichen, um uns die Mäuse vom Hals zu halten!"

Hermann schaute auf den nassen Wäschesack. Zwei kleine Hügel, nicht größer als ein zusammengeknüllter Strumpf, waren unter dem nassen Stoff zu erkennen. Als er verstand, was das zu bedeuten hatte, riss er entsetzt die Augen auf. Er fing an zu schreien und zu heulen. Oskar eilte herbei. Henny schimpfte, während Oskar versuchte das brüllende Kind zu beruhigen.

An jenem Abend verweigerte Hermann das Essen. Seine Mutter, die tagsüber auf dem Feld gewesen war, versuchte ihn zu trösten. Sie erklärte ihm, dass manche Dinge im Leben nun einmal notwendig seien, aber Hermann wollte nichts davon hören. Als sie abends im Bett noch einmal darüber reden wollte, drehte er sich einfach um und tat so, als ob er schliefe. Oskar war der Einzige, der ihn verstand. Er holte die beiden Katzenjungen aus dem Sack und verbuddelte sie hinter einem Baum. Aus zwei Zweigen bastelte er ein Kreuz und Hermann konnte sich von den beiden verabschieden.

„Wie kann Oma nur so gemein sein? Warum hat sie die beiden Katzen nicht am Leben gelassen? So viel essen sie doch nicht", weinte er.

Tagelang redete er nicht mit seiner Oma, bis die Erinnerung an die toten Katzenkinder verblasste. Außerdem hatte er eine Aufgabe, er musste sich um Mulmul und ihr verbliebenes Junges kümmern.

„Seltsam", dachte Hermann, als er die Katze streichelte. Jahrelang hatte er nicht mehr an Mulmul gedacht, er wusste nicht, was aus ihr geworden war. Sie hatten Bredbeck von einem auf den anderen Tag verlassen und waren in die Wohnung nach Gröpelingen gezogen. Seitdem war er nie wieder auf dem Bauernhof gewesen.

Die Katze schnurrte und Hermann bestellte eine Tasse Milch, die ihm der Wirt mit hochgezogenen Augenbrauen hinstellte. Er ahnte, was Hermann vorhatte und befürchtete zu Recht, dass die Katze nun jeden Abend hier auftauchen würde.

„Hmm? Na, dann wollen wir dich mal Mulmul nennen!" sagte Hermann. Er schüttete etwas Milch auf eine Untertasse und stellte sie der Katze hin. Mulmul trank und leckte zufrieden ihr Mäulchen.

Sonntags war der Kirchgang Tradition. Danach besuchten sich Freunde und Familien zum Essen, das sonntags weitaus üppiger ausfiel als an Werktagen. Als quasi Freund der Familie wurde auch Hermann zum Essen bei den Mancinis eingeladen.

Hermann freute sich über die Abwechslung und war erleichtert, dass es Fleisch gab. Er langte kräftig zu. Mutter Mancini war entzückt über die „gute Gabel" und tat ihm eine zweite Portion auf. Zum Dessert reichte sie Kuchen mit Rosinen und Orangeat und schenkte jedem ein Gläschen selbstgemachten *Rosolio* ein. Der Likör roch nach Orangen, Mandarinen und Zitronen und schmeckte so süß, dass Hermann unweigerlich das Gesicht verzog. Tapfer schluckte er den Likör runter und spülte mit Kaffee nach.

Sie sprachen über Jürgen und Annamarias bevorstehende Hochzeit. Die Trauung sollte im September des Folgejahres stattfinden und sie überlegten, wer eingeladen werden musste und was es zu essen geben sollte. Alle redeten durcheinander und Hermann hatte Mühe, dem Gespräch zu folgen. Doch er fühlte sich nicht unwohl. Im Gegenteil. Er mochte den Trubel und dachte an Henny und Oskar. Er nahm an, dass die beiden ihre Sonntage alleine verbrachten. Wenn nicht Lore zu ihrem berühmten Braunkohl einlud.

Der Braunkohl war bei ihr besonders fett, weil Lore immer noch eine Extraportion Schmalz hineinrührte, so dass man nach dem Essen mindesten drei Schnäpse brauchte, um ihn zu verdauen. Hermann verspürte einen Stich. Er hatte Sehnsucht nach Hause, Heimweh. Das erste Mal, seitdem er auf Montage war.

Annamarias Vater nahm Jürgen komplett in Beschlag, während ihre Mutter, die Tante, Annamaria und Rosalie in der Küche die Teller spülten. Als das Gespräch auf das Stahlwerk kam, wurde Hermann hellhörig. Die Großmutter, die vorher die ganze Zeit nichts gesagt hatte, mischte sich ein und Annamarias Vater wurde laut. Hermann verstand anfangs nur die Worte „Stahlwerk", „Wasser", „Olivenbäume", „Meer" und „Miesmuscheln" und strengte sich an, mehr zu verstehen.

Die Alte beklagte, dass das Stahlwerk das Wasser im Meer vergiften würde. Sie sei mit Rosalie in Tamburi gewesen, um eine alte Freundin zu besuchen und alle Olivenbäume, die seit Jahren – ach was, Jahrhunderten dort gestanden hätten, seien verschwunden.

„Mindestens 2000 Olivenbäume sind innerhalb weniger Wochen gefällt worden. Einer der Männer hat zu meiner Freundin gesagt, dass er schon einige Stahlwerke aufgebaut hat und dass wir Tarent nicht mehr wiedererkennen werden, wenn das Stahlwerk erst einmal steht. Das Stahlwerk wird noch unser aller Ende sein!", sagte die alte Frau bitter.

Vincenzo Mancini schalt seine Mutter. „Das Stahlwerk ist das Beste, was der Stadt passieren konnte. Über 6000 Arbeitsplätze werden dort geschaffen. Die Menschen aus Brindisi, Lecce und Bari kommen extra deswegen hierher. Sei froh! Endlich müssen die Männer unserer Familie nicht mehr so schuften wie es Papa getan hat. Es wird geregelte Arbeitszeiten und ein festes Gehalt geben. Und ich persönlich werde dafür sorgen, dass Pierluigi und Calogero dort eine Anstellung bekommen!"

„Tarent hat bislang gut von der Muschelzucht und vom Fischfang gelebt", konterte die Alte.

Pierluigi und Carlogero hingen an den Lippen ihres Vaters. Sie brannten darauf, dass das Stahlwerk endlich seine Tore öffnete. Bislang hatten sie ihrem Vater beim Fischfang und Verkauf zur Hand gehen müssen, nun hofften sie auf mehr Wohlstand und ein eigenes Auto. Hermann konnte sie gut verstehen. Ihm war es genauso gegangen. Die Worte der alten Frau waren dennoch wahr: Er erinnerte sich an den Tag ihrer Ankunft in Tarent wie sie durch gerodeten Vorort gefahren waren und vorbei an den Olivenhainen im Tarentiner Hinterland. Die Natur musste für die Industrie weichen.

Im Oktober bekam Hermann eine Postkarte aus Frankreich. Sie zeigte einen Ozeandampfer und war von Peter. Peter schrieb, dass er nun wieder als Schiffbauer arbeiten würde auf einer Werft in Saint-Nazaire. Die Arbeit gefalle ihm gut. Endlich könne er wieder Schiffe bauen und Seeluft atmen, schrieb er. Ganz unten in die Ecke hatte er die Anschrift seiner Unterkunft und seine Telefonnummer gekritzelt. Hermann hatte also Recht gehabt mit seiner Vermutung, dass Peter nicht nachkommen würde. Sein Kumpel fehlte ihm.

Er schloss sich der Clique von Annamarias Brüdern an. Am Wochenende ging er ins SEM, wo die Jugendlichen in Reihen Alligalli tanzten. Nachts am Hafen fuhren sie waghalsige Manöver auf Carlos Roller. Doch Alligalli war nicht Rock'n'Roll und Carlo war nicht Jürgen. Hermann war der Älteste in der Runde, kein Jugendlicher mehr, aber auch kein sesshaft gewordener Mann. Als es endlich auf Weihnachten zuging, freute sich Hermann auf Zuhause.

Saint-Nazaire, November 1961

Im November 1961 verließ der Ozeandampfer *France* die französische Hafenstadt Saint-Nazaire. Pierre Guimard, 43 Jahre alt, stand am Kai und schaute voller Wehmut hinterher. Fast vier Jahre lang hatte das Schiff sein Leben bestimmt. Nun schmerzte es ihn zu sehen, wie es seinen Heimathafen verließ.

„Da geht sie hin", sagte er.

„Sie? Du meinst er?", erwiderte sein Kollege Jean-Claude amüsiert.

„Pfft!" Pierre zuckte mit den Schultern.

Das Schiff trug den Namen Frankreichs, *La France*, das war ein weibliches Substantiv und damit war sie für ihn eine Frau. Insgeheim nannte er die *France* sogar *Ma Belle*, meine Schöne. Pierre hatte nie verstanden, warum man Schiffen weibliche Vornamen gab, sie von Frauen taufen ließen, sie aber mit einem männlichen Artikel titulierte. Seine Kollegen nannten das Schiff *le petit frère*, den kleinen Bruder der *Normandie*, das Schiff, das in den 1930er Jahren Maßstäbe gesetzt hatte im Passagierschiffbau.

Natürlich erzählte er niemanden von seinen Gedanken. Er war ja nicht blöd. Seine Kollegen hätten ihm den Vogel gezeigt und er hatte einen Ruf zu verteidigen. Beim großen Streik 1955 und den Ausschreitungen 1957 war er einer der Wortführer gewesen. Er verstand es, die Massen mit wenigen Worten zu beschwichtigen. Zugleich hatte er sich bei den Lohnverhandlungen das Profil eines harten Hundes erarbeitet und den Vorsitz der Gewerkschaft übernommen. Jetzt wollte er nicht als Weichei dastehen. Also stand er bloß da, mit den Händen in den Hosentaschen und pfiff leise ein Lied durch die Zähne.

Im Februar des nächsten Jahres sollte die Jungfernfahrt von Le Havre nach New York stattfinden. In nur viereinhalb Tagen sollte das Schiff die Strecke zurücklegen. Staatspräsident Charles de Gaulle wurde

erwartet. Der alte General war bereits beim Stapellauf im Mai 1961 als Ehrengast dabei gewesen. Laut
hatte er in die Menge „*Vive le France. Vive la France!*"
gerufen. Seine Gattin Yvonne war Taufpatin und
ganz Saint-Nazaire war gekommen. Einmal von den
Leinen losgelassen, glitt das prachtvolle Schiff unter
den Klängen der französischen Nationalhymne unaufhaltsam vom Stapel in die Mündung der Loire.

Auch heute waren sie alle gekommen. Festlich gekleidete Menschen säumten das Kai, eine andächtige
Stimmung lag in der Luft. Jeder wollte dem Schiff
Adieu sagen und ihm die Ehre erweisen. Nur einer
störte die feierliche Atmosphäre.

„Was fällt den dreckigen Deutschen ein? Stehen da,
als ob sie das Schiff gebaut hätten. Sie sollen sich ver-
pissen, diese Kartoffelfresser!", bellte Anthony mit
rauer Stimme.

Anthony war Maler auf der Werft und selbst an einem feierlichen Tag wie diesem war er in seiner Ar-
beiterkluft gekommen. Pierre warf ihm einen ärgerli-
chen Blick zu. Doch Anthony merkte nichts davon, er
ereiferte sich über die Gruppe deutscher Arbeiter, die
mit der Belegschaft der Werft *Chantiers de l'Atlantique*
am Kai stand.

„*Sales boches!*" - dreckige Schweine, schimpfte er,
die übelste Bezeichnung, die man einem Deutschen

an den Kopf werfen konnte. Pierre zog eine Augenbraue hoch als er das hörte. Dagegen war doryphore, der Kartoffelkäfer, ja fast harmlos. Der verhasste Parasit fraß ganze Felder kahl. Und da die Deutschen gerne Kartoffeln aßen, hatten sie nach dem Großen Krieg diesen Spitznamen erhalten.

Anthony redete sich weiter in Rage und wurde immer lauter.

„Beruhig' dich", fuhr Pierre ihn an. Seine Augen blitzten.

Anthony zuckte zusammen. Pierre war eine Autoritätsperson und Anthony wollte von ihm gemocht werden. Widerwillig knurrte er nur noch leise etwas Unverständliches vor sich hin und spie auf den Boden.

Anthony war klein gewachsen, mit etwas zu kurzen Armen und Beinen im Vergleich zum restlichen Körper und einem dicken Hals, auf dem sein kahlköpfiger Schädel saß. Dunkle große Augen schauten unter den buschigen Augenbrauen hervor und als wäre sein Aussehen nicht schon Strafe genug, hatte Anthony einen merkwürdigen Tick. Wenn er nicht sprach, schob er seinen Unterkiefer so vor, dass die unteren spitzen Eckzähne hervorstachen. Dabei malmte er auf seinen Backenzähnen unruhig hin und her, was ihm Ähnlichkeit mit einer schnaufenden Bulldogge verlieh. Die anderen lachten ihn deswegen aus. Schon als er ein Kind war, hatten sie das getan und Anthony wusste sich nicht zu helfen. Er schaffte es nicht, seinen Tick zu kontrollieren. Er hatte es versucht. Doch es wurde nur schlimmer, vor allem, wenn er aufgeregt war.

Anthony spürte, dass er bei seinen Kollegen nicht hoch angesehen war. Zu Unrecht, wie er fand. Sein Blick schweifte umher auf der Suche nach jemanden, der in seiner gefühlten Rangordnung unter ihm stand, damit er auf ihm rumhacken konnte. Meistens waren es die griechischen Arbeiter der Unterauftragnehmer, die seine Bösartigkeiten zu spüren bekamen. Jetzt waren es die Deutschen, die er im Visier hatte.

Anthony war empört, dass die Deutschen es überhaupt gewagt hatten, nach Saint-Nazaire zu kommen. Nach all dem, was ihre Landsleute der Stadt angetan hatten. 1940 hatte die deutsche Wehrmacht Saint-Nazaire besetzt und hier ihren deutschen U-Bootstützpunkt gebaut. Der Bunker war Teil einer von den Nazis geplanten tausend Kilometer langen Kette aus Bunkern und Verteidigungsanlagen entlang des Atlantiks. Davor war Saint-Nazaire eine wunderschöne Stadt mit gutbürgerlichen Häusern und einem florierenden Hafen gewesen, jetzt lag der Überseehafen unter einer riesigen Betonmasse vergraben.

Der monströse U-Boot-Bunker hatte der Stadt ihre Seele genommen und sie von ihrem Hafen abgeschnitten. Und als ob das nicht genug gewesen wäre, kamen 1942 die britischen Bomber, um den von den Deutschen besetzten Hafen zu treffen. Zurück blieb eine zerstörte Stadt. Saint-Nazaire musste komplett neu aufgebaut, das Zentrum der Stadt versetzt werden, weil keiner es wagte, den massiven Bunker zu sprengen. Anstatt an seine maritime Tradition anzuknüpfen, wandte sich die Stadt komplett vom Hafen ab. Daran waren aus Sicht von Anthony die Deutschen schuld und nun waren sie wieder da, machten sich an die französischen Frauen ran und taten so, als wüssten sie alles besser.

Anthony schnaubte. Er verstand nicht, warum nur er das sah. Seine Kollegen waren entweder blind oder dumm oder beides zusammen. Also geiferte er weiter und blickte nach Beifall heischend in die Runde. Vielleicht gab es ja doch noch einen, der so dachte wie er? Doch die anderen sahen ihn nicht einmal an. Keiner hatte Lust, sich mit ihm zu verbünden. Anthonys hoffnungsvoller Blick erlosch. Notgedrungen begnügte er sich fortan damit, den Deutschen böse Blicke zuzuwerfen.

Pierre seufzte. Im Grunde tat Anthony ihm leid. Er wusste, er hatte es nicht leicht im Leben. Aber wer hatte das schon? Er beschwerte sich schließlich auch nicht wegen jeder Ungerechtigkeit, die ihm widerfuhr. Außerdem gingen ihm die ständigen Schimpftiraden von Anthony auf die Nerven. Pierre selbst hegte keine Ressentiments gegen die Deutschen. Ihm war es gleich, wer aus welchem Land kam. Hauptsache, die neuen Kollegen benahmen sich anständig und konnten mit anpacken. Ihn plagten andere Sorgen.

In den vergangenen Jahren hatte sich die Auftragslage für die Werft *Chantiers de l'Atlantique* verändert. Die Zeit der großen Passagierschiffe neigte sich ihrem Ende entgegen. Pierre wusste das, er war in der Gewerkschaft. Selbst dort tuschelten sie hinter vorgehaltener Hand und sprachen über das, was alle befürchteten: Sie hatten im Wettrennen gegen das Flugzeug verloren. Noch während sie am Schiffsrumpf der *France* hämmerten, überquerten erstmalig mehr Menschen im Flugzeug den Atlantik als an Bord eines Schiffes. Mittlerweile konnten sich selbst Versicherungsvertreter einen Flug über den Atlantik leisten.

Pierre mutmaßte, dass die *France* der letzte Ozeandampfer der *Chantiers de l'Atlantique* sein würde. Die Nachfrage nach großen Öltankern hingegen stieg. Die *Sitala*, ein Tanker für Shell Frankreich, stand kurz vor der Auslieferung. Für das Schwesterschiff *Sivella* fanden die ersten Vorarbeiten statt.

Pierre hatte für Tanker nicht viel übrig. Sie waren für ihn nichts weiter als schwimmende Kästen ohne Seele. Nichts im Vergleich zur *France*. Sie stellte eine technische Meisterleistung dar. Die *France* war das größte und mit 31 Knoten eines der schnellsten Passagierschiffe der Welt. Und sie war die Schönste. Kurz nach Fertigstellung hatte Pierre das Schiff von innen sehen dürfen. Das Interieur war hochmodern und luxuriös zugleich. Eine Reminiszenz an die Vorgänger-Passagierschiffe mit ihren roten Samttapeten und goldenen Leuchtern. Und eine Reminiszenz an die Moderne. Die Tier-Mosaike an den Wänden stammten von Künstlern der *École de Paris*. Die Kabinen der Touristenklasse waren praktisch, aber individuell eingerichtet. In den Bars und auf dem Deck luden breite Sessel zum Verweilen ein.

Pierre wusste, dass ihm nichts anderes übrigblieb, als sich mit den Tankern zu arrangieren. Immerhin waren sie der Garant für ihre Jobs. Seit der Streikwelle in den 50er Jahren gab es zwar mehr Lohn, aber gleichzeitig kamen immer mehr Fremdarbeiter zur Werft, die bereit waren, für weniger Geld zu arbeiten. Die meisten kamen aus Griechenland. Die Franzosen empfanden sie als Streikbrecher. Regelmäßig kam es zu Konflikten. Der Druck blieb groß.

Auch zwischen den deutschen und französischen Arbeitern knirschte es, wenngleich es hierbei eher um Befindlichkeiten ging. War der Baustellenleiter ein Franzose, murrten die Deutschen, er sei arrogant. War es ein Deutscher, murrten die Franzosen, er würde die deutschen Arbeiter bevorzugen. Die Griechen fühlten sich sowieso benachteiligt, sie verdienten am wenigsten von allen und hatten keinerlei Mitspracherechte. Mit dieser Gemengelage musste sich Pierre also auseinandersetzen. Und zu allem Überfluss, machte sein Sohn François von sich reden, der die Gewerkschaftsversammlungen schwänzte und sich lieber in der Stadt rumtrieb.

Gelassen beobachtet Peter das Spektakel auf dem Wasser. Er schien von den Worten Anthonys unberührt, wie ihn auch die Kabbeleien der Arbeiter untereinander nicht juckten. Als Monteur durfte Peter kleinere Teams von vier, fünf Mann anleiten und die Franzosen erkannten zumindest an, dass er Französisch sprach. In die Angelegenheiten der Griechen mischte sich Peter grundsätzlich nicht ein, das waren nicht seine Sorgen.

Der Bruch, Weihnachten 1961

„Ach du meine Güte! Wann soll ich das denn tragen?" Henny gackerte wie ein junges Huhn. Sie stand auf und hielt sich das blaue Seidenhöschen vor ihren gewalkten schwarzen Rock.

„Na Oskar, was meinst du?", sagte sie und schwenkte ihre Hüften von links nach rechts. Oskar gab ihr feixend einen Klaps auf den Hintern.

„Mensch Oma, das ist nicht für dich gedacht. Das muss aus Versehen dazwischengeraten sein!", sagte Hermann und grinste.

Henny kicherte. Sie reichte das zarte Stück Stoff an Hannah weiter. Hannah zog eine Augenbraue hoch. Sie wusste, dass das Geschenk nicht für sie gedacht war, sagte aber nichts.

Sie feierten Heiligabend in Hannahs neuem Haus in Schwachhausen. Gerd und Lore waren mit ihren Kindern gekommen. Axel war mittlerweile zwölf und war fast so groß wie seine Mutter. Martha war ein kleines Mädchen von drei Jahren mit blonden Locken und einem vorlauten Mundwerk, die ihren Vater um den Finger wickelte und ihre Eltern offenbar miteinander versöhnte. Als Hermann sie das letzte Mal gesehen hatte, war sie noch ein Säugling. Hans ließ sich als einziger aus der Familie nicht blicken.

Der Abend verlief harmonisch. Hermann hatte aus Italien Olivenöl, Käse, Wein und feine Ledertaschen mitgebracht und zur Belustigung aller auch die Wäsche aus Spitze und Seide. Monika Kawollek, die Nachbarin seiner Großeltern, war die eigentliche Empfängerin. Hermann hatte mit ihr einige Nächte verbracht, als er in Bremen gearbeitet hatte. Gleich nach seiner Ankunft hatte er bei ihr geklopft, doch sie hatte ihm nicht geöffnet. Er glaubte zu hören, wie sie durch den Spion linste und überlegte kurz, ob er ihr das Geschenk vor die Tür legen sollte. Er ließ es bleiben. Vielleicht hatte sie einen neuen Liebhaber. Den Anflug von Eifersucht schob er beiseite. Was hätte er erwarten sollen, nachdem er sich in den vergangenen Monaten nicht einmal bei ihr gemeldet hatte?

Zum Essen gab es Rinderbraten mit Rotkohl, brauner Sauce und schlesischen Klößen. Das Essen war deftig und köstlich. Zum Nachtisch gab es Vanillepudding. Zum Glück hatte Hannah ihrer Haushälterin das Kochen überlassen. Hannah selbst hatte eine sonderbare Vorliebe für Muskat. Sie würzte alles damit, ganz gleich, ob es Kartoffeln, Karotten, Erbsen, Bohnen oder Koteletts waren. Zufrieden und mit vollem Bauch setzten sie sich vor den Fernseher. Es lief *Don Camillo und Peppone.* Die Hochzeitsszene erinnerte Hermann an Jürgen. Der feierte jetzt in Italien mit seiner neuen Familie Weihnachten und saß vermutlich in der Messe. Hermann erzählte von dem Aufwand, den Jürgen für seine Annamaria betrieb. Die anderen konnten kaum glauben, dass Jürgen so ein frommer Kirchgänger geworden war.

„Jürgen?" fragte Lore. „Ich wusste ja gar nicht, dass der katholisch ist!" sagte sie.

„Die Katholiken sind die schlimmsten", wusste Henny zu berichten. „Predigen Wasser und trinken Wein! Und jetzt wo es um ein Weibsbild geht, entdeckt der junge Mann die Kirche wieder!"

Hermann schmunzelte. Heute Abend war er seinem Freund nicht mehr böse. Nach dem Film kloppten sie noch ein paar Runden Skat, bis sich Henny, Oskar, Gerd und Lore mit Axel und der schlafenden Martha auf den Heimweg machten. Sie quetschten sich alle in ein Auto. Hermann blieb bei Hannah. Er schlief in ihrem Gästezimmer. Hier wollte er auch die nächsten Tage bleiben, um nicht Henny und Oskar zur Last zu fallen.

Am ersten Weihnachtstag besuchte er seine Großeltern in Gröpelingen.

„Komm rin min Jung. Ich bin noch nicht ganz fertig, aber macht nichts!" Henny drückte ihn an sich, zog ihn in die Küche rein, kniff ihm in die Backen und meinte, er würde jetzt aussehen wie ein richtiger Mann. Oskar freute sich still und klopfte seinem Enkel auf die Schulter.

Die wohlbekannten Gerüche nach Kaffee, Holz und Tabak stiegen Hermann in die Nase. Henny musste noch ihre Haare machen, also setzte Hermann sich hin.

„Möchtest du ein Bier?", fragte Oskar.
„Ja, gerne!" sagte Hermann und schaute sich um.

Oskar schlurfte zum Kühlschrank. Im Vorbeigehen zog Oskar an Hermanns Ohr. Genauso wie früher, wenn Hermann etwas angestellt hatte. Eine kleine Geste nur. Hermann war verdutzt, sein Opa grinste.

„Warum habt ihr eigentlich den Weihnachtsbaum hier stehen und nicht im Wohnzimmer? Ihr habt doch jetzt genügend Platz?", fragte Hermann.

„Ach," sagte Hannah, die gerade reinkam und noch dabei war, ihren Haarknoten festzustecken. „wir sind doch eh meistens in der Küche."

Henny und Oskar lebten nur noch zu zweit in der Wohnung. Ein neuer Tisch mit Spitzendecke, zwei Sessel und ein Sofa standen im Wohnzimmer. Sie hatten sogar einen Fernseher. Doch obwohl sie erstmalig das Wohnzimmer für sich nutzen konnten, verbrachten sie die meiste Zeit in der Küche. Wie früher. Hier konnte Oskar vom Stuhl aus auf die Straße gucken und dabei eine Zigarette rauchen.

In der Küche hatte sich nichts verändert. Der alte Holzstuhl knarrte und die Kaffeekanne stand auf ihrem Platz auf dem Kachelofen. Trotzdem kam Hermann alles viel kleiner vor als in seiner Erinnerung. Und seine Großeltern waren sichtlich gealtert. Hennys Augen waren schlechter geworden. Früher hatten sie beim Lachen immer schelmisch aufgeblitzt, jetzt lag eine Art Schleier darüber.

Oskar stippte sein Brot in den Kaffee, damit die Kruste weich wurde und er besser abbeißen konnte. Beim Gehen schien er Schmerzen zu haben, jedenfalls ging er langsamer und gebeugter als sonst. Aber er klagte nicht, sondern hörte den Geschichten Hermanns zu. Zwischenzeitlich wirkte er abwesend, so dass Hermann dachte, er sei bereits eingeschlafen.

Doch im Verlauf des Gesprächs taute Oskar zunehmend auf. Er schüttelte sich vor Lachen, als Hermann den liebeskranken Jürgen imitierte.

„Junge, Junge. Wenn ich nochmal jung wäre, dann würde ich auch noch einmal die Welt bereisen", sagte Oskar sehnsüchtig und zwinkerte Hermann zu.

Am Nachmittag besuchte Hermann Jürgens Eltern und überreichte ihnen das Geschenk, das Jürgen ihm für sie mitgegeben hatte. Einen Frühstückskuchen, Mandeln, Lederwaren und Stoffe. Rosemarie war traurig, weil ihr Jüngster Weihnachten nicht nach Hause gekommen war. Sie bestürmte Hermann mit Fragen und wollte alles über Annamaria und ihre Familie wissen. Sie war fest entschlossen, zur Hochzeit zu kommen, aber Paul ging es schlecht. Mit dem Konkurs von Borgward hatte er seine Anstellung verloren.

Auch Johannas Mann Günther hatte seinen Arbeitsplatz bei Borgward verloren, konnte aber direkt bei Siemens in der Fertigung anfangen. Pauls Aussichten auf eine Neuanstellung sahen hingegen schlecht aus. Durch die amputierten Zehen und das ständig schiefe Laufen hatte er eine kaputte Hüfte und Knie bekommen. Auch die Trinkerei hatte ihre unschönen Spuren hinterlassen. Die Wangen eingefallen, war er erschreckend dünn geworden, noch dünner als früher. Und war er nicht mehr herrisch, so war er trübsinnig geworden. Während Hermanns Besuch saß er stumm auf einem Sessel mit einer Decke über den Beinen, stierte in die Luft, rauchte Pfeife und brummte nur hin und wieder etwas Unverständliches vor sich hin.

Es war traurig zu sehen, wie Rosemarie voller Tatendrang war und ihr Mann sie ausbremste. Doch an diesem Nachmittag war sie in ihrem Element. Es schien, als hätte sie Augen und Ohren überall. Sie erzählte Hermann, was aus seinen alten Klassenkameraden geworden war. Einige Mädchen hatten sich einen amerikanischen Soldaten angelacht und waren in die USA ausgewandert. Die meisten aber waren in Bremen geblieben, hatten hier geheiratet und Kinder bekommen. Sie gab Hermann ein fest verschnürtes Päckchen für Jürgen und Annamaria sowie ein Stück gekochten selbstgeräucherten Schinken für Hermann und seine Familie mit. Zum Abschied drückte sie ihn fest an ihre warme weiche Brust und küsste seine Stirn. Tränen schimmerten in ihren Augen.

Am nächsten Morgen frühstückten Hermann und Hannah in Ruhe. Das Einzige, was zu hören war, war das Rascheln der Zeitung, wenn Hermann die Seiten umblätterte. Das Schweigen war durchaus angenehm. Das meiste hatten sie sich in den vergangenen Tagen bereits erzählt. Da räusperte sich Hannah.

„Hermann, ich muss dir was sagen", sagte sie. Sie wirkte nervös.

Hermann sah seine Tante verwundert an. Offenbar hatte sie ihn schon eine ganze Weile beobachtet, denn sie hatte ihr Frühstück nicht angerührt und der Teil ihrer Zeitung lag noch zusammengefaltet neben dem Teller. Hannah knetete ihre Hände. Dann stand sie auf, holte einen Brief aus der Schublade des Küchenschranks und legte ihn Hermann auf den Tisch. Herrmann nahm die Zeitung beiseite. Verwundert starrte er auf den Briefumschlag. Er war an Hannahs Adresse in Heidelberg adressiert.

„Was ist das?"

„Das ist ein Brief von deiner Mutter", sagte Hannah. „Lies ihn durch. Danach erkläre ich dir alles."

Jetzt, wo Hannah es sagte, erkannte Hermann die Sütterlinschrift seiner Mutter. Der Brief war in Friedehorst abgestempelt. Vorsichtig faltete Hermann das Papier auseinander.

Friedehorst, Dezember 1950

Liebe Hannah, heute habe ich Deinen Brief erhalten. Ich will sofort wieder schreiben, je eher bekomme ich dann wieder Post. Ich freue mich, dass Du eine Arbeit gefunden hast. Immer nur zu Hause, da kommt man auf dumme Gedanken. Ich hoffe, Heinrich ist Dir nicht böse!

Gerade hat mir die Schwester die Haare gewaschen. Das wurde auch Zeit, sie sind schon seit über drei Wochen nicht gewaschen worden und wenn man keine Krause hat, ist das Haar gleich so schnell fettig und strähnig. Ich möchte ja gerne Dauerwellen haben, aber ich kann das Sitzen nicht aushalten, ich kann mir ja nicht mal alleine die Haare kämmen.

Wenn Du nach Hause kommst, wirst Du Dich wundern, wie groß Hermann geworden ist. Er ist jetzt 1,30 Meter groß. Wenn Du eine Hose für ihn kaufst, brauchst Du bloß eine für einen Zehnjährigen zu verlangen. Auf keinen Fall kleiner! Für mich brauchst Du nichts mitzubringen. Ich brauche nichts und essen kann ich auch nichts mehr. Jeden Tag nehme ich ein zu Schaum geschlagenes Ei mit Zucker, Weinbrand und zwei Esslöffel Olivenöl zu mir, aber wenn es doch nur helfen wollte!

Ich selbst habe keine Hoffnung mehr, dass ich hier rauskomme. Das Schlimmste ist, dass ich Hermann zurücklassen muss und dass ich ihn noch nicht einmal mehr in den Arm nehmen kann.

Ich habe Karl nicht geschrieben, ich habe mich nicht getraut. Er wird sich nur aufregen. Bis hierhin habe ich es alleine geschafft, aber jetzt brauche ich Deine Hilfe Hannah. Kannst Du Mutter und Vater unterstützen, wenn ich nicht mehr da bin? Ich will nicht, dass Hermann in eines dieser Waisenheime kommt, ich habe nichts Gutes davon gehört. Aber nun Schluss davon, ich muss zum Ende kommen, es ist gleich 10 Uhr.

Gute Nacht, schreibe bald wieder! Viele Grüße Sophie!

Hermann schluckte. Er hatte nur wenige Habseligkeiten seiner Mutter erhalten, nachdem sie gestorben war. Ein paar Fotos, Briefe und das letzte Paar Strümpfe, das sie ihm gestrickt hatte. Es war lange her, dass er an sie gedacht hatte. Er erinnerte sich an ihre Stimme und wie er sich an ihren Hals geschmiegt hatte. Trotz der Arbeit als Wäscherin und Plätterin hatte sie wunderschöne Hände – warm und weich, mit langen Fingern und festen Fingernägeln. Er spürte, wie ihm die Tränen in die Augen stiegen und blinzelte sie heftig weg. Er sah, dass Hannah ihn immer noch beobachtete. Sie schien auf etwas zu warten, lag auf der Lauer. Hermann war irritiert. Eine Sache war ihm seltsam an dem Brief vorgekommen. Fragend schaute er Hannah an.

„Wer ist Karl?"

Hannah atmete hörbar aus. „Karl ist dein Vater. Besser gesagt, er war dein Vater."

Hermann runzelte die Stirn. „Ich dachte, der hieß Hermann. So wie ich."

Hannah schüttelte den Kopf. „Das stimmt nicht. Er hieß Karl. Und er ist vor zwei Monaten gestorben."

„Wie? Er ist vor zwei Monaten gestorben?" echote Hermann.

„Ja", sagte Hannah. „Karl Walter ist vor zwei Monaten gestorben."

Hermann versuchte zu realisieren, was er gerade gehört hatte. Blut rauschte in seinen Ohren. Tausend Gedanken schossen ihm durch den Kopf. *Mein Vater ist doch schon lange tot. Gefallen. Im Krieg. Lange bevor ich überhaupt auf die Welt gekommen bin.* Er wollte Hannah schütteln, sie anschreien, *„Hannah, was erzählst du da?"* Doch er ahnte, dass es die Wahrheit war. Und dann war da dieser Name. Er sah ein Bild vor sich. Ein wohlgenährter, kräftiger Mann hinter einem Schreibtisch, mit einer Zigarette in der Hand. Oder war es eine Zigarre? Er wusste es nicht mehr.

„Ist das der Karl Walter?" fragte er.
Hannah nickte.
„Der, bei dem ich gearbeitet habe?"
„Ja."

Da begann Hannah zu erzählen, wie sich Sophie und Karl Walter im Sommer 1940 auf dem Findorffer Schützenfest kennengelernt hatte. Sophie arbeitete im Ausschank und brachte die Getränke raus. Gerade 19 war sie damals und liebte den unverbindlichen, freundlichen Kontakt zu den Gästen. So hatte sie das Gefühl ausgehen zu können und unter Menschen zu sein, ohne selber dafür Geld ausgeben zu müssen. Außerdem gab es immer ein kostenloses warmes Essen und Getränke dazu. Auf dem Fest war viel zu tun und Westen hatte ihr am Ende des Abends ein großzügiges Trinkgeld zugesteckt. Er sagte, dass er noch nach einer Stenotypistin suche und nannte ihr die Adresse seines Kontors. Sophie war unsicher, ob sie sich tatsächlich vorstellen sollte, sie hatte keinerlei Erfahrung im Maschineschreiben.

„Ich war es, die sie dazu ermuntert hat, sich vorzustellen", sagte Hannah und erzählte weiter, wie enttäuscht Sophie war, als sie erfuhr, dass Karl Walter bereits eine Schreibkraft hatte. Karl Walter lud sie als

Wiedergutmachung zum Essen ein und danach verführte er sie in einem Hotel.

„Der Karl war da bereits Ende 30, verheiratet und Vater von einem Sohn und einer Tochter. Er hat deine Mutter in die Ausflugslokale in der Bremer Umgebung ausgeführt, ihr schöne Kleider geschenkt und war hinreißend-charmant. Sophie war so jung und liebeshungrig und noch so grün hinter den Ohren, dass sie sich sofort in ihn verliebte. Sie trafen sich heimlich, abends, am Wochenende und auch tagsüber und eines Tages stellte Sophie fest, dass sie schwanger war. Karl hat ihr Geld angeboten, damit sie abtreibt. Aber deine Mutter wollte nichts davon wissen. Stattdessen nahm sie das Geld und versprach ihm, ihn nicht weiter zu behelligen.

Bei der Geburt hat sie dann angegeben, dass der Kindesvater unbekannt sei. Und dir hat sie erzählt, dass dein Vater Hermann hieß. So hieß mal ein Schulfreund von ihr, den sie gern mochte, der aber gefallen war. Ich musste versprechen, dass du nicht ins Heim kommst und dass ich niemanden verrate, wer dein Vater in Wirklichkeit ist. Konnte ja keiner ahnen, dass du dort anfängst zu arbeiten. Das war ein ganz schöner Schreck als wir davon hörten!"

Hermann sah Hannah verständnislos an. Er versuchte das Wirrwarr in seinem Kopf zu ordnen.

„Wir? Wer wusste denn noch davon? Wusste er wer ich bin?"

Hannah ließ die erste Frage unbeantwortet. „Er wusste, dass Sophie ein Kind bekommen hat. Ob er dich erkannt hat, kann ich dir nicht sagen."

„Und die anderen? Oma, Opa – wussten die es?"

Hannah antwortete nicht sofort. Dann nickte sie und zuckte mit den Schultern.

Hermann stand auf, er hatte genug gehört. Er griff seinen Mantel und stürzte raus ins Freie. Erst an der Kreuzung Kirchbachstraße blieb er stehen. Er lehnte sich gegen einen Laternenpfahl, fummelte eine Zigarette aus der Jackentasche und zündete sie an. Seine Hand zitterte. Konnte es sein? Konnte es wirklich wahr sein? Er sah sich vor seinem inneren Auge in dem Büro über der Werkhalle sitzen. Neben ihm Jürgen, vor ihm der Alte.

„Der hat dich irgendwie so komisch angesehen. Kanntest du den?", hatte Jürgen ihn damals gefragt.

Und die Sekretärin, die meinte, er würde dem Junior, John Walter, so ähnlich sähen. Wie Recht sie alle hatten. Und Hermann hatte nichts geahnt, das Gespräch längst vergessen. „Mein Gott, wie lang war das alles her?" dachte er.

Nachdem er so eine Zeit dagestanden hatte, versuchte er einen klaren Gedanken zu fassen. Noch immer hallten Hannahs Worte in seinem Kopf nach. Er hatte Fragen. Vor allem eine nagte an ihm: Wusste Karl Walter bei dem Gespräch, dass er seinen Sohn vor sich sitzen hatte? Hermann versuchte diese Frage nicht zu denken, denn er hatte Angst vor der Antwort. Ein Vater, der tot war, hatte ihm kein Vater sein können. Aber was war mit einem Vater, der lebte, der offenbar von ihm wusste und nichts sagte? Und warum haben Henny und Oskar nie etwas gesagt? Ihn wenigstens gewarnt, als er dort anfing zu arbeiten? Hermann fühlte sich hundeelend. Obwohl er ein Waisenkind war, hatte er sich nie einsam oder alleine gefühlt. Er hatte immer die Gewissheit, dass seine Großeltern für ihn da waren. Doch jetzt mit 20 fühlte er sich alleine und verlassen. Ihm wurde schlecht bei dem Gedanken, von seiner eigenen Familie betrogen worden zu sein. Er erinnerte sich an das Rumdrucksen von Henny, wenn er nach seinem Vater fragte und an das Schweigen von Oskar. Sie hatten ihn alle angelogen. Sie hatten ihn regelrecht auflaufen lassen. Und auf einmal spürte Hermann eine unbändige Wut in sich aufsteigen.

Er ging zu seinem Auto und fuhr nach Gröpelingen. Kurz bevor er auf die Heerstraße abbiegen musste, fuhr er weiter geradeaus nach Bremen-Nord. Er wollte zu der alten Werkstatt. Am liebsten hätte er den alten Herrn selbst zur Rede gestellt, aber das ging nun nicht mehr. Er parkte direkt vor der Werkhalle.

Alles sah noch genauso aus wie vor zwei Jahren als er mit Jürgen dort gearbeitet hatte. Auch der Name „Karl Walter Stahlbau" stand auf dem Dach der Halle und auf der Tafel neben der Einfahrt. Doch das Gittertor war geschlossen. Es schien niemand da zu sein. Hermann wusste nicht, ob die Firma mit dem Tod des Seniors den Betrieb eingestellt hatte oder ob die Arbeiter Weihnachtsurlaub hatten. Aber wenn es stimmte, dass der Chef gestorben war, dann würde doch sicher jemand die Geschäfte weiterführen, der Betrieb lief noch.

Er näherte sich den Gitterstäben. Da sah er ihn. Der Mann war in einem Gespräch mit einem Arbeiter vertieft und bemerkte ihn gar nicht. Hermann starrte ihn an. John Walter trug einen Hut. War da eine Ähnlichkeit zu sehen? Hermann konnte sein Gesicht nicht richtig erkennen. Er erinnerte sich nur noch schemenhaft. Doch wenn das stimmte, was Hannah ihm erzählt hatte, dann war das sein Bruder, sein Halbbruder. In dem Augenblick schaute John Walter hoch und blickte Hermann fragend an. Der drehte sich um und ging zurück zu seinem Auto.

In seinem Kopf rasten die Gedanken. Er ging das Gespräch durch, das er gleich führen wollte und trat dabei kräftig aufs Gaspedal. Sein Herz pochte und er zog so heftig an seiner Zigarette, dass sie ganz heiß wurde. In den Barken angekommen, stapfte er die Treppenstufen zur Wohnung hoch. Henny stand in der Tür. Sie schien auf Hermann gewartet zu haben. Wie ein Raubvogel schaute sie ihn aus ihren kleinen blauen Augen an.

„Hermann, komm rein." Sie wollte ihn an sich drücken, diese kleine Frau. Da platzte es aus Hermann raus.

„Natürlich, Hannah hat dich angerufen", sagte er und stieß Henny beiseite.

Er ging in die Küche, drehte sich um, stützte sich auf dem Stuhl ab und blickte seine Großmutter herausfordernd an.

„Nun setz dich doch" bat Henny.

„Oma, ich will nur eins wissen. Hast du gewusst, dass Karl Walter mein Vater ist?"

„Setz dich doch erst einmal, dann können wir in Ruhe reden", erwiderte Henny.

„Nein, ich will es jetzt von dir hören: Hast du es gewusst?"

„Ja", sagte Henny.

Abrupt richtete sich Hermann auf: „Und warum hast du mir nichts gesagt?"

Henny seufzte. Sie setzte sich und zuckte mit den Schultern. „Deine Mutter wollte nicht, dass du es erfährst und ich habe mich daran gehalten."

„Und warum wollte sie es nicht?"

„Weiß ich nicht Hermann. Wahrscheinlich wollte sie nicht, dass du nachfragst oder Walter ansprichst."

„Aber spätestens als ich dort gearbeitet habe, hättet ihr es mir doch sagen müssen!"

„Ja, wir haben das kurz überlegt. Opa war dafür, ich dagegen. Ich wollte mich nicht einmischen und unnötig Staub aufwirbeln. Deine Mutter hat es nun einmal so entschieden." Sie blickte zu ihm hoch.

„Mensch, sei doch froh, dass du in einer Familie groß geworden bist und nicht auf der Straße!"

Hermann starrte seine Großmutter ungläubig an. Er konnte es nicht fassen, wie abgeklärt sie war. Jetzt sollte er ihr auch noch dankbar sein? Hermann schüttelte den Kopf, unfähig etwas zu erwidern. Die Tür ging auf. Oskar kam vom Kaufmann zurück. Hermann ging ohne ein Wort an ihm vorbei, raus aus der Wohnung und rannte die Treppe runter. Die Haustür knallte ins Schloss. Hermann hörte sein eigenes Herz schlagen, von der Brust hoch wanderte der dumpfe rhythmische Ton bis in seinen Hals. Ihm war, als würde ihm die Luft abgeschnürt.

Als er sich etwas beruhigt hatte, ging er zurück zu seinem Wagen. Er startete den Motor. Er wollte weg, einfach nur weg. Ihm wurde schlecht bei dem Gedanken an Zuhause.

„Dann fahre ich eben jetzt zurück nach Italien", entschied er. Seine Hemden, das Gepäck – all das wollte er bei Hannah lassen. Er würde sich einfach neue Sachen kaufen. Sein Magen schmerzte und erinnerte ihn daran, dass er seit dem Frühstück nichts mehr gegessen hatte. Doch er fuhr weiter. Erst als er kurz vor Basel seine Augen kaum noch offenhalten konnte, stoppte er bei einem Motel direkt an der Autobahn. Er aß eine Bratwurst auf die Hand und nahm sich ein Zimmer.

Er schlief sofort ein. Nur einmal wachte er auf, um etwas zu trinken. Die Heizung war voll aufgedreht. Es war heiß, die Luft stickig, sein Kopf dröhnte. Irgendwo tropfte ein Wasserhahn. Er legte sich wieder hin und fiel in einen unruhigen Schlaf. Sein Körper zuckte und er begann zu träumen.

Es war dunkel, heiß und stickig. Erst wusste Hermann nicht, wo er war. Doch dann hörte er das Wummern der britischen Bomber. Sirenen heulten und alle sprangen bekleidet aus den Betten. Seitdem sich die Bombenangriffe mehrten, gingen sie direkt mit ihrer Kleidung schlafen. Er war klein, noch sehr klein. Seine Mutter hob ihn hoch und rannte mit ihm auf dem Arm zum Bunker. Obwohl es warm war, hatte sie eine Decke um ihn gewickelt. Sophie wurde der Arm schwer, doch sie schaffte es und ergatterte einen Platz. Schlaftrunken legte Hermann seine dicken Ärmchen um den Hals seiner Mutter und vergrub seine Nase an ihrer Haut. Seine Mutter drückte ihn an sich, und wiegte ihren Oberkörper vor und zurück.

„Mama, wo sind wir?", fragte er.
„Schsch, alles ist gut. Wir sind im Bunker. Es sind wieder Bomber am Himmel unterwegs", sagte sie.
„Oh nein, ich habe die nicht gesehen!" rief Hermann ärgerlich.

Für ihn war das alles ein Riesenspaß, Sirenengeheul bedeutete, das etwas Aufregendes passierte. Gingen die Sirenen an, fingen alle an zu laufen und dann saß man bei dämmrigem Licht zusammen und erzählte sich Geschichten. Und jetzt hatte er das Beste verpasst!

Die anderen Insassen tadelten Sophie mit ihren Blicken. Diesmal erzählte niemand eine Geschichte. Die ständigen Angriffe und der Schlafentzug hatten die Findorffer zermürbt. Auch wenn man hier drin immer noch zusammenhielt, die Nerven lagen blank und das Geschrei zerrte zusätzlich an ihnen. Zudem war das Licht ausgefallen, ebenso die Lüftung. Die Sirenen heulten erneut auf. Durch das Luftschutzgitter sahen sie, wie die Nacht erhellt wurde. Jemand schrie auf. Eine Frau. Ein spitzer Schrei, dann war es still. So still, dass Hermann nur das Atmen und Keuchen der Anderen hören konnte und dann schwoll erneut das Wummern eines herannahenden Bombers an. Es zischte, viermal. Dann krachte es und die Erde schien zu beben. Menschen schrien und Hermann spürte, wie es an seinem Innenschenkel warm und nass wurde. Er fing an zu weinen, krallte sich an seiner Mutter fest und drückte sein Gesicht tiefer in ihre Halsgrube. Hier war er sicher. Seine Mutter schunkelte ihn vor und zurück und summte eine traurig-schöne Melodie. Hermann beruhigte sich. Er wusste nicht, wie lange sie ausgeharrt hatten. Irgendwann hörten sie die Entwarnung.

Als sie aus dem Bunker krochen, sahen sie, dass dieser Angriff größer gewesen sein musste als die vorherigen. Durch eine Wand von Staub, Rauch und Nebelschwaden zeichneten sich die Schatten von menschlichen Gestalten ab, die sich gegenseitig stützend durch Steinhaufen schleppten. Irgendwo brannte es, sie konnten den beißenden Rauch riechen. Und dann sahen sie es: Dort, wo einstmals eine geschlossene Häuserreihe stand, klaffte eine

Loch. Als ob in einem tadellosen Gebiss die Frontzähne feh-
len würden. Nur die Fassade des Hauses stand noch in Tei-
len, das Treppenhaus zeichnete sich schwarz vor dem roten
Feuer ab. Flammen züngelten sich in den Himmel und be-
leuchteten die zerborstenen Fensterscheiben. Einige ver-
suchten ihr Hab und Gut zu retten und rannten in die Ru-
ine. Vom Dachstuhl fielen brennende Holzbalken herunter
und begruben einen Menschen unter sich. Ein Mann
rannte wie eine lebende Fackel aus dem Haus heraus. Alle
schrien und Feuer knisterte.

Hermann schreckte hoch. Das Wummern klang
noch in seinen Ohren. Er öffnete das Fenster und ließ
die kalte Winterluft einströmen. Sein Unterhemd war
klitschnass geschwitzt. Er wusch sich Gesicht und
Oberköper. Solch einen Alptraum hatte er schon
lange nicht mehr gehabt. Er setzte sich auf den Stuhl,
um eine Zigarette zu rauchen und in Ruhe nachzu-
denken. Nach Bremen wollte er nicht zurück, soviel
war klar. Nach Italien auch nicht. Allein der Gedanken an den liebeskranken Jürgen, der seine Hochzeit
plante, bereitete ihm Unbehagen. Da kam ihm eine
Idee. Frankreich! Er würde nach Frankreich gehen.
Zu Peter. Er hatte noch seine Postkarte mit der Anschrift in seiner Brieftasche. Seinem Baustellenleiter
in Italien würde er absagen und etwas von einem
Trauerfall in der Familie erzählen, irgendwas würde
ihm schon einfallen und dann würde er einfach nach
Frankreich gehen und sein altes Leben hinter sich lassen.

Saint-Nazaire, Dezember 1961

Frühmorgens erhielt Peter einen Anruf. Er war mitten in einem Traum, als sein Zimmernachbar an die Tür klopfte. In Unterhemd und Unterhose tappte Peter in den dunklen Flur. Der Telefonapparat für die Hotelgäste hing an der Wand. Sein Zimmernachbar hatte gesagt, dass der Anrufer kein Französisch gesprochen habe, er habe nur „Peter" verstanden.

Peter war überrascht über Hermanns Anruf. Das letzte Mal hatten sie sich in Antwerpen gesehen. Seitdem war der Kontakt abgebrochen, wenn man von der Postkarte, die er geschrieben hatte, absah. Weder er noch Hermann waren gut darin, Freundschaften zu pflegen. Zwar mochten sie sich, doch sie lebten jeder für sich im Hier und Jetzt mit den Menschen, die sie gerade umgaben. Er hatte nicht damit gerechnet, von seinem Freund zu hören. Umso erfreuter war er, als er hörte, dass Hermann auf dem Weg nach Saint-Nazaire sei, er würde noch am selben Abend ankommen.

Peter versprach, auf die Schnelle ein Zimmer in dem Hotel, in dem auch er wohnte, zu organisieren. Das Hotel lag in der *Rue de la Paix* mitten im Stadtzentrum, es war modern und für ein Monteurhotel erstaunlich charmant. Jede Woche standen frische Blumen in den Vasen auf den Tischen.

Da fiel Peter ein, dass er für den Abend bereits Pläne hatte. Er war mit Nathalie verabredet, einer schönen langbeinigen, halbrussischen Französin. Sie trafen sich jetzt seit zwei Monaten. Peter wählte Nathalies Nummer und bat sie, für den Abend noch eine Freundin mitzubringen. Treffpunkt war die Bar *Le Ralliement* im Penhoët. Das Werftviertel war neben dem Bahnhof der einzige Ort, an dem zu jeder Tages- und Nachtzeit etwas los war, auch zwischen den Feiertagen.

Hermann kam am frühen Abend in Saint-Nazaire an. Er war direkt nach seinem kurzen Frühstück losgefahren. Peter musterte seinen Freund. Hermann sah schlecht aus. Übermüdet und blass. Außerdem wirkte er mürrisch und schien nicht in Ausgehlaune zu sein. Peter war enttäuscht. Er hatte extra die zwei Frauen für den Abend organisiert und nun drohte Hermann ihm einen Strich durch die Rechnung zu machen. Er versuchte abzuwägen, ob es etwas Ernstes war, was Hermann bedrückte, oder ob er Hermann doch noch überreden konnte, auszugehen.

„Hey Kumpel, was ist los mit dir? Das sind zwei echt heiße Feger!"
„Hmm", brummte Hermann.

Peter sah seine Felle davonschwimmen. Er war nicht der Feinfühligste, aber ihm schwante, dass das mit dem Feiern wohl nichts mehr werden würde.

„Okay, in Ordnung mein Freund. Ich sage den beiden ab und besorge uns unten in der Bar was Anständiges zu trinken. Vielleicht bekomme ich dann etwas aus dir heraus!"

Peter kam mit einer Flasche Pastis und zwei Gläsern zurück und sie gingen raus auf Peters kleinen Balkon. Der Balkon bot gerade einmal Platz für zwei. So konnten sie schweigend nebeneinanderstehen, trinken und in die schwarze Nacht hinausblicken. Peter hatte nicht vor, weiter zu bohren. Dafür kannte er seinen Freund zu gut. Hermann war nicht gerade redselig und machte viel mit sich selber aus. Also erzählte Peter von den vergangenen Monaten, der Arbeit auf der Werft und von Nathalie.

Hermann nippte an dem milchigen Getränk. Er mochte den Anis-Geschmack und leerte das Glas zügig aus. Nach dem dritten Glas spürte er eine wohlige Wärme und Leichtigkeit in sich aufsteigen und er bekam Hunger.

Sie gingen in ein nahegelegenes Restaurant und aßen Hühnchen. Es tat ihm gut, Peter zuzuhören. Peter nahm viele Dinge nicht so ernst. Sein Pragmatismus schien das Leben zu erleichtern und tatsächlich schob Hermann seine trüben Gedanken beiseite und begann seinerseits von Italien zu erzählen. Als er von Jürgens bevorstehender Hochzeit berichtete, konnte Peter es kaum glauben.

„Jürgen ist tatsächlich verlobt?"

„Ja, und Annamaria hat ihn komplett in der Hand. Jeden Sonntag isst er bei ihrer Familie und geht morgens in die Kirche. Der wird noch katholischer als der Papst!"

„Unglaublich, der Lulatsch mit einer heißen Italienerin. Mit großem Busen sagtest du?"

Hermann nickte.

„Junge, Junge!", Peter griente. „Ich sehe ihn richtig vor mir, wie er mit der Nase darin versinkt. Hat die vielleicht noch eine Schwester?"

Hermann winkte ab. „Die ist noch ein Kind! Zwei Brüder hat sie auch noch und glaub' mir, die als Schwager zu haben, ist kein Spaß!"

„Na gut! Was ist denn mit dir?"

„Tja, die Italienerinnen sind nichts für mich. Hübsch, aber gleich heiraten, wenn du mit denen ins Bett willst. Nee, soweit bin ich nicht. Bevor ich mich irgendwo niederlasse, will ich noch ein bisschen Geld verdienen."

„Und wo willst du hin?", fragte Peter.

„Mal schauen, vielleicht gehe ich irgendwann einmal zurück ins Saarland. Dort hat es mir gut gefallen. Aber sag mal, wie sieht es denn hier aus? Können die noch einen ordentlichen Schiffbauer auf der Werft gebrauchen?"

„Hast du denn vor länger zu bleiben?" fragte Peter überrascht.

„Ja, es wird Zeit, dass ich mal das Revier wechsle!", sagte Hermann und grinste.

„Ah, viel besser! So gefällst du mir Hermann! Ganz der Alte! Vor Januar kann ich meinen Chef nicht fragen, der ist noch im Urlaub. Aber gut zu wissen, dass du bleibst. Dann können wir gleich Silvester zusammenfeiern. Ich sage Nathalie und Nadine Bescheid! Und dann wollen wir mal sehen, wie dir die französischen *Mademoiselles* gefallen!" sagte Peter und prostete seinem alten Freund zu.

Hermann hatte Glück, dass er sich mit Tankern so gut auskannte. Er konnte direkt anfangen. Insgesamt waren über zwölftausend Arbeiter auf der Werft beschäftigt. Die Tage auf der Werft waren lang, arbeitsreich und fest durchgetaktet. Kurz vor Schichtbeginn heulte die Sirene auf und die Pförtner öffneten die Tore. Punkt 8 Uhr wurden die Tore wieder geschlossen. Wer bis dahin nicht drin war, musste vor dem Tor bis zur Mittagspause ausharren und warten. Erst dann ließen die Pförtner die Arbeiter wieder aufs Gelände.

Der erste Gang führte in den Umkleideraum, wo die Arbeiter ihre Arbeitskleidung anzogen, dann zu den Stechkarten und schließlich in die blauweißen Werkhallen oder direkt zum Trockendeck. Auf dem Boden vor den Hallen lagen rote und graue Stahlbleche verteilt, die bereits zugeschnitten und markiert worden waren.

Die Handgriffe waren die gleichen wie auf der A.G. Weser. Hermann hatte nichts verlernt. Er schweißte und bohrte, er schleppte Bauteile und Schläuche von links nach rechts und studierte die technischen Zeichnungen. Um 18 Uhr ertönte die Sirene zum Feierabend. Wie ein Strom zogen die Arbeiter zum Werkstor. Sie lochten ihre Stechkarte, tauschten die Arbeitskleidung gegen ihre Freizeitkleidung und holten ihr Rad aus der Fahrradgarage. Gut gelaunt schwangen sie sich auf den Sattel und klingelten sich zu Hunderten ihren Weg durch die Menge. Die Fußgänger, die auf dem Weg zum Zug waren, machten Platz. Die wenigen, die mit ihren Autos gekommen waren, blieben stehen und warteten, bis der Tross vorbeigezogen war.

„So ist das jeden Tag. Außer sonntags. Dann sind sie alle zu Hause im Garten oder bei Freunden", erklärte Peter Hermann, der stehenblieb, um sich das Spektakel anzuschauen.

Eine alte Sehnsucht stieg in Hermann auf. Erstaunt stellte er fest, dass er noch immer kein eigenes Fahrrad besaß. Dabei war es früher sein größter Wunsch gewesen. In der Lehre hatte er Oskars Fahrrad gefahren. Später hatte er sich die Kreidler gekauft. Und seitdem er auf Montage war, besaß er den Opel. Er hatte es vergessen, doch jetzt fiel ihm wieder ein, wie er mit Jürgen vor der Schaufensterscheibe des Fahrradhändlers gestanden und sich die Nase plattgedrückt hatte. Er verdrängte den Gedanken an Bremen und ging weiter.

Die Arbeit gab Hermanns Leben Struktur und Ruhe. Nach Feierabend ging er mit Peter in die Bar Karten spielen oder sie trafen sich mit Nadine und Nathalie. Oft endeten die Abende in wüsten Schlägereien zwischen Franzosen und Amerikanern. Dann flogen die Fäuste, zerbarsten Gläser und sie sahen zu, dass sie unversehrt nach Hause kamen.

Die Amerikaner schienen Hermann zu begleiten. Sie waren in Bremen, in Tarent und auch in Saint-Nazaire stationiert beziehungsweise in Gron-Montoir de Bretagne östlich der Stadt nahe der Sumpflandschaft Brière, wo sie seit 1953 eine NATO-Basis hatten. Alle drei Städte waren von strategischer Bedeutung für die Amerikaner. Über die Häfen konnten sie ihre Truppen und Güter verschiffen.

Im März 1962 erhielt Hermann einen Brief aus Bremen. Er war von Henny und mit zittriger Hand geführt. Im Februar hatte es eine heftige Sturmflut in Bremen und in Hamburg gegeben und zu allem Übel hatte Oskar einen Schlaganfall erlitten, seine linke Gesichtshälfte war gelähmt. Es war nicht ersichtlich, ob jemand aus der Familie von der Sturmflut betroffen war, aber da keiner von ihnen am Deich wohnte, konnte es so schlimm für sie nicht gekommen sein.

Hermann wusste nicht, woher Henny seine Adresse hatte. Er nahm an, dass Jürgen sie ihr gegeben hatte. Neben seiner Firma waren er und Peter die einzigen, die wussten, wo Hermann sich aufhielt. Er las den Brief, zerknüllte ihn und schmiss ihn weg. Er hatte nicht die Absicht zu antworten. Den kurzen Anflug schlechten Gewissens schob er beiseite. Er rief sich in Erinnerung, wie Henny seinen Onkel Hans nach dessen Prügelattacken immer in Schutz genommen hatte. Die aufsteigende Wut half ihm, das bittere Schuldgefühl zu vertreiben. Wenn er recht überlegte, war Hans der einzige mit dunklen Haaren in der Familie. „Vielleicht ein Kuckuckskind?", dachte er und erschrak. Seine plötzliche Entdeckung bereitete ihm Unbehagen und er machte sich auf den Weg zur Arbeit.

Er ging zu Fuß. Hermann liebte die Hafenatmosphäre, auch wenn der Hafen von Saint-Nazaire längst nicht mehr so romantisch aussah wie auf den nostalgischen Postkarten. In Wahrheit dominierte der monströse U-Boot-Bunker das Stadtbild. Grau und kalt erinnerte er an die deutsche Besatzungszeit und machte Hermann seltsam befangen. Und auch im Alltag spürte er eine unterschwellige Feindseligkeit. Betrat er ein Geschäft oder ein Restaurant, verstummten die Gespräche. Bestellte er beim Bäcker ein „Pain", zeigte er zur Sicherheit noch einmal auf das Brot, denn die Verkäuferin tat entweder so oder sie verstand ihn tatsächlich nicht. Er zahlte dann meist schnell und sah zu, dass er rauskam. Peter war in solchen Dingen gelassener. Dank seiner guten Französischkenntnisse redete er einfach drauf los, er verstand Hermanns Gedanken nicht.

„Das bildest du dir ein!", sagte er darauf angesprochen. „Hier trägt dir keiner was nach!"

Hermann bewunderte diese Eigenschaft. So sorglos wie Peter würde er nie durchs Leben gehen. Das konnte man sich nicht einfach abgucken, das war angeboren, davon war er überzeugt. Er selbst überlegte zweimal, bevor er etwas von sich gab. Nur beim Tanzen und auf der Arbeit war er in seinem Element. Auf der Tanzfläche zählte einzig die Musik. Entweder war es der Text, der ihm aus dem Herzen sprach oder der Rhythmus, der ihm in die Beine fuhr. Und die Musik war universal und zeitlos. Sie sprach alle Menschen gleichermaßen an. Egal, woher sie kamen. Ob sie jung oder alt, reich oder arm oder einfach nur so wie er schüchtern waren. Auf der Tanzfläche jedenfalls vergaß Hermann jegliche Zurückhaltung.

Bei der Arbeit gaben ihm die vertrauten Handgriffe Sicherheit. Ihm lag die Arbeit auf der Werft, das unbeständige Wetter und die etwas barsche Art der Menschen. Im Grunde war es in Saint-Nazaire genauso wie in Bremen. Nur war er woanders und wurde nicht ständig an seine Familie erinnert. Mittlerweile sprach er auch schon ein paar Worte Französisch und lernte die Höflichkeit der Sprache kennen. So sagte er freundlich *„Pardon!"*, wenn er an jemanden vorbeiging. Er entschuldigte sich also für die Störung. In Deutschland hingegen hätte man laut „Achtung!" gerufen und erwartet, dass alle für einen zur Seite sprängen.

Je besser er Französisch sprach, desto umgänglicher schienen die Saint-Nazairiens zu werden. Und dank seiner flinken Rechenkenntnisse erarbeitete er sich nach und nach auch den Respekt seiner Kollegen. Keiner konnte so schnell rechnen wie er. Während die anderen noch mit dem Rechenschieber beschäftigt waren, hatte er schon im Kopf zusammengezählt, wieviel Material sie für den Bau einer Schiffsektion benötigten und lag damit richtig.

In Saint-Nazaire geschah es, dass sich Hermann die Augen verblitzte. Es war weiß Gott nicht das erste Mal, deswegen machte sich Hermann erst auch keine Gedanken. Er kniete gerade auf dem Boden und brannte einen Kreis aus einem Blech heraus als jemand seinen Namen rief. Hermann legte sein Schweißgerät beiseite, nahm die Schutzbrille ab und drehte sich in die Richtung, aus der der Ruf gekommen war. In diesem Augenblick schaute er in den Lichtbogen eines anderen Schweißers. Instinktiv schloss Hermann die Augen. Er sah Sternchen und ihm wurde kurz schwindelig, doch er fing sich wieder und arbeitete weiter.

Später beim Abendessen hatte er das Gefühl, Sand im Auge zu haben. Er rieb sich die Augen, bis das Gefühl wegging. Doch als er im Bett lag, erwischte ihn der Schmerz erneut und mit solch einer Wucht, dass Hermann fast aufschrie. Seine Augen tränten und brannten. Es fühlte sich an, als ob ihm jemand mit

Schmirgelpapier die Augäpfel aufraute. Hermann biss sich auf die Lippen. Blind tastete er sich zum Waschbecken. Er nahm den Zipfel von seinem Handtuch und tunkte ihn in kaltes Wasser. Damit wollte er seine Augen kühlen, doch er machte es nur noch schlimmer. In seiner Verzweiflung rannte er mit dem Handtuch vorm Gesicht zu Peters Zimmer und hämmerte gegen die Tür. Peter erkannte sofort, was los war. Er zog Hermann rein ins Zimmer, stieß ihn aufs Bett und rannte runter zur Bar, wo er eine rohe aufgeschnittene Kartoffel besorgte, die er Hermann auf die Augen legte. Die Kartoffel linderte den Schmerz ein wenig und Hermann schlief in Peters Bett ein.

Am nächsten Morgen weckte Peter Hermann. Er musste zur Arbeit. Hermann sah nur verschwommen, seine Augen waren noch immer dick und rot. Er ging zum Betriebsarzt, der ihm eine Salbe und Augentropfen verschrieb und ihn zurück nach Hause schickte. Hermann legte sich wieder ins Bett, doch gegen Abend bekam er solch einen Hunger, dass er beschloss aufzustehen. Er setzte seine Sonnenbrille auf und schlenderte durch die Stadt. Er aß eine Kleinigkeit im Restaurant und rief danach Jürgen an.

„Hermann!" Jürgen freute sich. Seit Hermanns plötzlichem Weggang hatte er nichts mehr von seinem Freund gehört. Nur das Weihnachtspaket seiner Mutter hatte Hermann ihm noch zugeschickt mit der kurzen Nachricht, dass er nun in Saint-Nazaire sei. Von dem, was in Bremen vorgefallen war, wusste Jürgen nichts. Fröhlich plauderte er drauf los. Ihm ging es gut. Er war glücklich mit Annamaria und sehnte die Hochzeit herbei, um endlich mit Annamaria in eine eigene Wohnung ziehen zu können.

„Du musst unbedingt kommen, Hermann! Denk dran. Am 9. September ist die Hochzeit. Schreib dir das Datum auf, sonst vergisst du es! Ich kenn' dich doch!"

Hermann berichtete von Saint-Nazaire, Peter und dem neuen Job. Er überlegte, ob er Jürgen auch die Geschichte von dem alten Walter erzählen sollte, immerhin hatte Jürgen ihn als einer der wenigen kennengelernt. Am Telefon erschien es ihm jedoch unpassend, die Verbindung rauschte, außerdem verblieb ihm nur wenig Zeit, ständig musste er neue Münzen nachwerfen. Er versprach, zu Jürgens Hochzeit zu kommen und legte auf. Er blieb noch einige Sekunden in der Telefonzelle stehen, bis ein Passant an die Scheibe klopfte. Hermann murmelte eine Entschuldigung und ging zurück zum Hotel.

François, der Lockige

„Warte, ich hole noch eben Zigaretten! Ich bring' dir welche mit!"

Hermann stoppte vor dem Tabakwarenladen und stieg aus. Sie waren auf dem Weg zu Nathalie und Nadine. Sie wollten im Kino einen Italo-Westernfilm ansehen.

Vor dem *Tabac* lungerte eine Gruppe junger Franzosen rum. Sie rauchten und unterhielten sich. Als Hermann aus dem Opel stieg, hielten sie inne. Aufmerksam beobachteten sie, wie er auf sie zukam. Einer von ihnen, ein braungelockter junger Kerl in einer hellblauen Hose, sagte etwas zu seinen Kumpanen und wies mit dem Kinn auf Hermann. Die anderen lachten. Hermann ging an der Gruppe vorbei, ohne sie weiter zu beachten und betrat den Laden.

Mit zwei Packungen Zigaretten in der Hand kam er wieder raus und wollte direkt zum Auto zurückgehen als der Gelockte einmal kurz und scharf pfiff, gleich so, als ob er einen Hund zu sich her befehle.

„*Eh Johnny*!" sagte er.

Hermann blickte auf. Er ahnte nichts Gutes und er wollte weitergehen, als der Lockige nachlegte.
„*Qu'est-ce qui se passe?*"

Hermann schaute den jungen Mann fragend an. Er wollte keine Auseinandersetzung, aber wenn es darauf ankam, würde er ihr auch nicht aus dem Weg gehen. Der Lockige schien Ärger zu suchen. Halb stand, halb saß er auf seinem Motorroller, die Beine überschlagen, in der Hand eine Zigarette und mit einem diabolischen Lächeln im Gesicht. Er mochte etwa 18 Jahre alt sein. Gut sah er aus mit seinen Locken, seiner leicht gebogenen Nase und den weichen Zügen. Ein Mädchenschwarm, ohne dabei wie ein

Milchbubi zu wirken. Der Franzose schnippte seine Zigarette weg und baute sich vor Hermann auf.

„How are you?" fragte er auf Englisch.

„Ich heiße nicht Johnny!" antwortete Hermann auf Französisch und machte sich innerlich auf das gefasst, was ihn erwarten würde.

Der Franzose schlug direkt zu. Seine Faust traf Hermann mitten ins Gesicht. Hermann verlor seine Zigaretten. Er wollte sich an die Nase fassen. Das Trauma von der gebrochenen Nase saß tief. Doch er riss sich zusammen. Er spannte seine Muskeln an, ging in die Knie, hob die Fäuste und schlug zurück. Doch der andere hatte den Schlag kommen sehen und wich aus. Seine Freunde johlten. Aus dem Augenwinkel sah Hermann, wie Peter aus dem Wagen herbeieilte. Er rief etwas. Der Lockige drehte sich um. Peter winkte und gestikulierte, gleichzeitig redete er auf den Franzosen ein. Der sah wieder zu Hermann und richtete sich auf. Er betrachtete Hermanns blutende Nase, zuckte mit den Schultern und strich seine Locken aus dem Gesicht. Zufrieden zündete er sich eine Zigarette an und wandte sich Peter zu. Hermann sah verständnislos von einem zum anderen. Er war zu benommen, um alles zu verstehen, was gesagt wurde, aber offenbar kannte Peter den jungen Mann. Sie redeten nur kurz miteinander, dann nickte Peter ihm zu und zog Hermann mit sich. Der Lockige grinste und winkte Hermann mit dem Zeigefinger zum Abschied.

„Was war das denn?" fragte Hermann im Wagen. Peter reichte ihm ein Taschentuch, an dem er sein Blut abwischen konnte.

„Das war François Guimard. Er arbeitet auch auf der Werft. Er und seine Jungs sind bekannt dafür, dass sie sich gerne prügeln. Offenbar hat er dich für einen Ami gehalten."

„Einen Ami? Mann, hat der keine Augen im Kopf? Ich habe doch ein deutsches Kennzeichen!"

„Ja, aber ein amerikanisches Auto…"

Hermann stöhnte. Er hatte von den Schlägereien der Saint-Nazairiens gehört. Immer wieder kam es zu Kämpfen zwischen den Jugendlichen rivalisierender Stadtteile. Meist war Geld, ein falsches Wort oder eine Frau der Auslöser. Fast immer war Alkohol der Beschleuniger. Die älteren Werftarbeiter zogen verärgert die Augenbrauen hoch, wenn sie hörten, dass einer ihrer Lehrlinge bei einer *bagarres* dabei gewesen war.

„Ihr müsst ein Vorbild sein!" ermahnten sie. Doch Appelle verhallten, hatten sie doch selbst ihren Lohnforderungen mit Fäusten Nachdruck verliehen.

In jüngster Zeit kam es vermehrt zu Auseinandersetzungen zwischen Franzosen und amerikanischen Soldaten, einige hatten sie selbst schon miterlebt.

„Wenn die Saint-Nazairiens nicht kämpfen, leben sie eigentlich ein ganz beschauliches Leben", erklärte Peter ihm halb belustigt, halb ernst.

Und so war es: An ihren freien Wochenenden gingen die Männer fischen oder in den Sportverein, halfen dem Nachbarn beim Schuppenbau oder arbeiteten im Garten. Hin und wieder leisteten sich die Jüngeren einen Kinobesuch für fünf Francs oder gingen tanzen, schließlich mussten sie ja irgendwo eine Frau kennenlernen. Doch wehe, jemand funkte ihnen dazwischen.

Bei den Schlägereien zwischen Franzosen und Amerikanern war der Streit um eine Frau nur der vorgebliche Grund. Der eigentliche Konflikt saß viel tiefer. Es waren Soldaten der US-Armee gewesen, die mit französischen Widerstandskämpfern die Stadt von den Nazis befreit hatten. Danach in den Jahren des Wiederaufbaus stellten die Amerikaner den Saint-Nazairiens ihren Zugang zum Meer für die Beschaffung der Baumaterialien zur Verfügung. Das war schon die erste Schmach. Ihr Hafen, ihr Meer und die Amerikaner stellten ihnen gönnerhaft den Zugang sicher. Willkommen waren die Amerikaner folglich nicht.

Hermann fand das Verhalten heuchlerisch. Auf der einen Seite gingen die Franzosen gerne in die amerikanischen Shops, um *Bluejeans*, *Chewing Gum* oder Schallplatten mit amerikanischer Musik zu kaufen.

Auf der anderen Seite schimpften sie, dass die Amerikaner sich in ihrer Stadt breitmachten. Zwar gab es auch in Saint-Nazaire Freundschaften und Liebschaften zwischen Bewohnern und GIs, aber die Stimmung war eine andere als die in Bremen oder in Tarent.

In Bremen waren Hermann die Amerikaner wie Boten aus einer besseren Welt erschienen. In Tarent gehörten die amerikanischen Marinesoldaten zum Stadtbild dazu. Wenn sie abends um 22 Uhr mit ihrer Musikkapelle durch die Straßen marschierten, um ihre Kameraden an das Ende ihres Ausgangs zu erinnern und einzusammeln, streckte ein jeder seinen Kopf aus dem Fenster heraus, um sich an der Musik und dem Anblick der weißgekleideten Militärs zu erfreuen.

In Saint-Nazaire war das Verhältnis aus einer Mischung von Abneigung und Bewunderung geprägt. Manche Franzosen gingen gezielt gegen die Amerikaner vor, indem sie Schlägereien anzettelten, bei denen am Ende nur die GIs von der amerikanischen Militärpolizei zur Rechenschaft gezogen werden konnte, während sie selbst mit einem blauen Auge davonkamen. Einer davon war François.

Nach ihrem Aufeinandertreffen vor dem *Tabac* traf Hermann ständig auf den gelockten jungen Mann: in der Halle, beim Essen, vor dem Tor. Davor hatte er ihn nie gesehen oder wahrgenommen, jetzt sah er ihn ständig.

„*Salut Fritz!*" grüßte François, als sie sich vor der Toilette trafen und grinste. Er schien eine Vorliebe für falsche Vornamen zu haben.

Hermann blickte sich um, Peter war nicht in der Nähe. Er wusste nicht, was François von ihm wollte. Misstrauisch sagte er auf Französisch: „Ich heiße nicht Fritz, ich heiße Hermann!"

An dem Gesicht des Lockigen sah Hermann wie es in ihm arbeitete. Da lachte der Franzose los. „*Mais non. C'était une blague. C'est comment on vous appelle ici. Tous les allemands s'appellent Fritz. N'est-ce pas?*"

Hermann brauchte einen Moment. Doch dann verstand er, was François meinte: „*Les Fritz*" war der Spitzname für die Deutschen in Frankreich. So wie sie die Amerikaner einfach alle „*Johnny*" nannten.

„Du bist noch nicht lange in Frankreich, was?" fragte François beschwichtigend. Er wollte seinen Fauxpas wiedergutmachen.

„Seit Januar", antwortete Hermann knapp. Er trug François die Aktion immer noch nach.

„Ja, tut mir leid. War nicht so gemeint vor dem *Tabac*. Ich dachte, du bist einer von den GIs aus Gron-Montoir. Die fahren hier mit ihren Autos vor und meinen, sie seien die Herren in Saint-Nazaire."

„Schon gut", sagte Hermann. Am liebsten wollte er das Gespräch beenden, doch François ließ nicht locker. Er erzählte, dass sein Vater Pierre auch auf der Werft arbeitete.

„Er ist Vorsitzender der Gewerkschaft, wahrscheinlich hast du schon von ihm gehört. Pierre Guimard? Nein? Na, für euch ist das ja nicht so wichtig. Ihr habt ja eure eigenen Verträge. Wo kommst du genau her?"

„Aus Bremen, Norddeutschland", sagte Hermann.

„Ah, so wie der Peter. Seid ihr Freunde?"

„Ja! Wir haben schon in Bremen zusammengearbeitet."

„Ah, okay. Guter Typ."

Dann fragte François Hermann über Deutschland aus. Er hatte das Gerücht gehört, die DDR plane eine Mauer in Berlin zu errichten. Hermann hatte davon auch nur in der Zeitung gelesen. Ulbrich hatte etwas in der Richtung gesagt. Seitdem spekulierte die Westpresse, ob da was dran war. Er selbst jedoch war seit einem halben Jahr nicht mehr in Deutschland gewesen und auch die deutschsprachigen Tageszeitungen waren nur am Hauptbahnhof und - wenn überhaupt – erst mit einer Woche Verspätung zu bekommen. Da unterbrach François das Gespräch so unvermittelt, wie er es begonnen hatte.

„Naja, ich muss weiter. Nichts für ungut. Wir sehen uns, ja?"

„Ja. Klar!" antwortete Hermann verwirrt, aber auch erleichtert, dass die Unterredung beendet war.

Seit dieser Begegnung grüßten sich Hermann und François, wenn sie sich auf dem Werftgelände über den Weg liefen. Häufig blieben sie kurz stehen und wechselten ein paar Worte miteinander. François schien ernsthaft an ihm interessiert zu sein und setzte sich auch beim Mittagessen zu ihm und Peter. Er erzählte den beiden, wo man in Saint-Nazaire gut ausgehen konnte. Er versprach den beiden die besten Tanzlokale zu zeigen und sie verabredeten sich für den Freitagabend in der Bar *„La Fiesta"*.

Es war bereits 21 Uhr. François verspätete sich. Draußen vor dem *Fiesta* wartete eine Schlange junger Menschen. Amerikaner hauptsächlich, aber auch Franzosen. Aus dem Inneren klang Rock'n'Roll-Musik. Hermann war ungeduldig. Sie warteten schon seit zehn Minuten, unsicher, ob sie schon reingehen oder noch warten sollten.

„Ich geh mal kurz pinkeln", verabschiedete sich Peter und verschwand um die Ecke im Gebüsch.

Hermann zündete sich eine Zigarette an und hielt nach François Ausschau. Da kam er auf seiner hellblauen *Mobilette* angefahren. Hinter ihm Raymond, sein Kumpel, der auch auf der Werft arbeitete und vor dem *Tabac* dabei gewesen war.

„Na endlich!" sagte Peter, der sich im Gehen den Reißverschluss seiner Jeans hochzog.

François stellte seine *Mobilette* ab, begrüßte seine neuen Freunde und ging zielstrebig vorweg zur Tür, an der Schlange vorbei. Am Eingang hielt ihn der Türsteher am Ärmel fest und redete auf ihn ein. François schien genervt. Er riss sich los.

„Oui, oui, bien sûr!", sagte er und ging rein.

Peter, Hermann und Raymond folgten ihm. Drinnen tanzte eine ausgelassene Menge Twist. François bestellte für alle Whiskey mit Soda. Sie prosteten sich zu und Hermann sah sich um. Am Ende der Theke erblickte er eine Gruppe junger Damen. Sie wippten auf der Stelle und sahen sich erwartungsvoll um. Er stieß Peter an und wies mit dem Kopf in ihre Richtung. Peter nickte. Er tippte François an, doch der schüttelte den Kopf. Also gingen Peter und Hermann alleine hin.

Hermann musste sich konzentrieren, um bei der Lautstärke dem Gespräch folgen zu können. Dass er sich nicht so rege beteiligte, war jedoch kein Nachteil. Je weniger er sprach, umso interessanter fanden ihn die Frauen für gewöhnlich. Marguerite, eine kleine Dunkelhaarige, suchte immer wieder seinen Blick. Sie war außerordentlich hübsch mit dunklen vollen Haaren, rot geschminkten Lippen und einem weißen Cocktailkleid. Sie hatte ein rotes Tuch um ihre Taille gebunden und bewegte sich im Takt.

Hermann fackelte nicht lange und forderte sie zum Tanzen auf. Peter nahm ihre Freundin an die Hand und drehte sich suchend zu François und Raymond um, die noch an der Theke standen und ihren Whiskey tranken. Er zeigte auf die anderen Frauen, die darauf warteten aufgefordert zu werden. Doch François hob nur sein Glas und prostete ihnen zu.

Später wusste Hermann nicht, wie lange Peter und er getanzt hatten. Auf einmal krachte es. Hermann blickte zur Theke und sah François und Raymond im Gemenge. Raymond hielt einen Mann in Uniform am Boden fest und François schlug auf ihn ein. Die Umstehenden wichen zur Seite. Zwei GIs eilten ihrem Kameraden zur Hilfe. Sie versuchten, die Streithähne zu trennen und teilten dabei ebenfalls kräftig gegen François und Raymond aus. Als sie das sahen, gingen Hermann und Peter ebenfalls dazwischen. Hermann bekam einen Schlag unterhalb der rechten Augenbraue ab. Er wusste nicht, von wem und aus welcher Richtung der Schlag gekommen war. Er schmeckte nur das metallene Blut auf seinen Lippen, das in einem dünnen Rinnsal über sein Gesicht floss, und dann schlug er zu. Seine Faust traf auf weiches Fleisch. Er hörte Keuchen, roch die verschwitzte Luft und schlug wieder zu und wieder. Bis jemand ihn wegzog. Er blickte sich um und sah direkt in François' Gesicht. François' Augen flackerten wild und er grinste.

Die drei GIs, die an der Schlägerei beteiligt gewesen waren, wurden von der amerikanischen Militärpolizei abgeführt. Sie mussten mit einer Disziplinarstrafe rechnen. François, Raymund, Peter und Hermann erhielten Hausverbot.

Es war François, der die Schlägerei angezettelt hatte. Nicht zum ersten Mal. Er hatte bereits eine Verwarnung vom *„La Fiesta"* erhalten, weswegen ihn der Türsteher am Eingang am Arm festgehalten und ihn ermahnt hatte, heute ruhig zu bleiben, doch François scherte sich nicht drum. Im Gegenteil.

François wartete nicht auf die Gelegenheit einer Schlägerei, er beschwor sie herauf. Er liebte es, zu provozieren. Wenn es keinen Anlass gab, erfand er einen. Gab dann ein Wort das andere, blitzten François' Augen auf und er warf sich mit Triumphgeheul auf seinen Gegner. Hermann meinte sogar ein irres Lachen dabei zu hören. Noch Tage danach konnte François sich darin ergehen, wie er den Amerikanern einen mitgegeben hatte und demonstrierte einen imaginären Kinnhaken.

„Hast du gesehen, wie ich dem Großen einen verpasst habe? Hein? So! Und wusch, weg war er!"

Ein blaues Auge, eine Schramme trug François wie eine Monstranz vor sich her. Mehr als einmal sahen sich Hermann und Peter genötigt, François aus einem Handgemenge rauszuholen und riskierten dabei selbst Teil der Prügelei zu werden. Schnell wurde klar: Das, was François antrieb, hatte nichts mit Rivalität unter Männern zu tun, das war reiner Hass.

Eines Abends nach Feierabend trafen sie sich auf ein Bier in der Bar. Als das Gespräch auf die Amerikaner kam, sprach Hermann François darauf an.

„Was hast du eigentlich gegen die Amerikaner?"
François schaute Hermann mit langem Gesicht an. Er schien enttäuscht über seine Frage zu sein. „Das fragst du mich? Haben sie deine Stadt nicht auch besetzt?"
„Besetzt? Nein. Oder doch! Es heißt Besatzungszone, aber sie sind einfach nur da und helfen den Menschen."
„Bist du wirklich so naiv?" François lachte höhnisch auf.
Hermann schaute François fragend an.
„Die Amis wollen doch nichts anderes als ihren Kapitalismus nach Europa zu bringen", fuhr François fort. „Sie spielen sich auf als Wohltäter und stülpen uns dabei ihr politisches System über. Guck dir doch an, was sie mit den Kommunisten in ihrem eigenen Land machen! Du glaubst doch nicht im Ernst, dass sie aus Eigennutz handeln und dem armen kriegsgebeutelten Europa helfen wollen? Nein! Die Amerikaner wollen uns mit ihren politischen und wirtschaftlichen Lehren indoktrinieren und uns als Bollwerk gegen die Russen und den Kommunismus missbrauchen."

Hermann schwieg betroffen. Er hatte sich über Politik bislang nur wenig Gedanken gemacht. Das Einzige, was ihn wirklich interessierte, war, aus seinen bescheidenen Verhältnissen herauszukommen. Außerdem hatte er gute Erfahrungen mit den Amerikanern gemacht. Und was hätte er schon gegen andere Nationalitäten sagen können? Immerhin waren es Deutsche gewesen, die Millionen von Juden getötet hatten. Also stand es ihm nicht zu, sich als Richter über andere Länder aufzuspielen.

„Ja, aber dann musst du ja auch mich hassen, weil ich deutsch bin und die Deutschen hier dieses Ungetüm errichtet haben mit dem U-Boot-Bunker", wand er ein.

„Ja, stimmt, aber das ist lange her und du warst nicht dabei", winkte François ab. „Mir passt einfach dieses ganze imperiale überhebliche Gehabe nicht. Die Amerikaner glauben, dass nur ihr Weg der einzig richtige ist in dieser Welt. Das ist alles!"

Hermann hörte den Reden François' fasziniert zu. Obwohl der Franzose jünger war als er, eröffnete er ihm eine Gedankenwelt, von dessen Existenz er vorher nichts geahnt hatte. Ihm fehlte das Rüstzeug, um mit François zu diskutieren. Auch inhaltlich kannte er sich zu wenig aus und es fehlten ihm schlicht die richtigen französischen Worte, um seinen Gedanken Ausdruck zu verleihen. Trotzdem dachte er lange über das nach, was François gesagt hatte. So hatte er die Sache mit den Amerikanern noch nie gesehen. War er tatsächlich zu blauäugig?

An seinem Geburtstag erhielt Hermann morgens einen Anruf. Peter ging ans Telefon. Henny war dran. Peter plauderte mit ihr, doch als er Hermann holen wollte, ließ dieser sich verleugnen. Also sagte Peter, dass Hermann gerade nicht da sei. Henny bat darum, dass Hermann sich bitte bei ihr melden möge. Sie müsse mit ihm reden. Es sei dringend. Peter tat das leid. Er mochte Henny und Oskar. Er erinnerte sich, wie er damals bei ihnen halbnackt in der Küche gesessen hatte, aber es war Hermanns Entscheidung und die Gründe gingen ihn nichts an. Er wusste nur, dass es einen Streit gegeben hatte.

Abends nach der Arbeit lud Hermann seine Freunde in die Bar ein. Peter verabschiedete sich, um noch Nathalie zu sehen. Am Ende saßen nur noch François und Hermann an der Theke. Hermann trank Whiskey und Bier im Wechsel. Der Anruf von Henny beschäftigte ihn. Er wusste nicht, wieviel er schon getrunken hatte, aber er lallte bereits, als er François von zu Hause zu erzählen begann.

„Kannst du dir das vorstellen? Da habe ich bei meinem eigenen Vater gearbeitet und der hat nichts gesagt. Nichts! Das ist ein Ding oder? Und alle haben es gewusst, alle! Und keiner hat was gesagt."

Hermann lachte und bekam einen Krampf. Fast fing er zu weinen an. François schaute seinen Freund verständnislos an. Hermann hatte Deutsch gesprochen und er hatte kein Wort verstanden.

François hob zwei Finger in die Luft und bestellte ein neues Bier. Da tippte ein Mann auf Hermanns Schulter. Später erinnerte sich keiner von den beiden, wie es dazu gekommen war. Doch François hatte sofort Rot gesehen und zugeschlagen. Auch Hermann bekam einen heftigen Schlag ab und teilte aus, ohne jemanden zu treffen. Er war zu betrunken, schlug in die Luft und fiel vom Stuhl. Der Barbesitzer informierte die Gendarmerie, die die beiden Trunkbolde abholte und zum Ausnüchtern in eine Zelle steckte. Da saßen die beiden auf unbequemen Stühlen und nickten vor Müdigkeit immer wieder ein.

Nach einigen Stunden schloss der Wärter das Gitter auf. François' Vater war da. Er war zur Gendarmerie gefahren und hatte für seinen Sohn und den Freund ein gutes Wort eingelegt. Zum Glück kannte er die Männer von der Gendarmerie und brauchte auch nichts für die Jungs zu zahlen. Hermann hatte ihn noch nie zuvor gesehen, obwohl auch er auf der Werft beschäftigt war, aber es arbeiteten tausend Menschen auf der Werft, da konnte er sich unmöglich jedes einzelne Gesicht merken.

Francois' Vater fragte Hermann nach seiner Adresse und fuhr ihn zum Hotel. François sagte während der ganzen Fahrt kein Wort und starrte nur aus dem Fenster. Hermann saß auf der Hinterbank und hielt ebenfalls den Mund. Die Stimmung war drückend und er hätte eh nicht gewusst, was er hätte sagen sollen. Beim Ausstieg murmelte er ein „Merci!". Der Mann am Steuer nickte und fuhr weiter.

Pierre Guimard

François lebte bei seinen Eltern außerhalb der Stadt. Der Weg war zu weit, um mit dem Fahrrad zu fahren. Jeden Morgen kam er daher mit seiner *Mobilette* angefahren. Im Sommer wie im Winter. Eines Tages lud er Hermann und Peter zum Abendessen zu sich nach Hause ein.

„Ich habe meinem Vater von euch erzählt. Er will euch kennenlernen. Dich kennt er zwar schon Hermann", zwinkerte François, „aber daran wird er sich sicher nicht mehr erinnern. Nächsten Sonntag zum Essen, passt das bei euch?"

Natürlich hatten Hermann und Peter Zeit. Es war das erste Mal, dass Hermann und Peter eingeladen wurden. Abgesehen von ihren Besuchen bei Nathalie und Nadine waren sie noch in keinem französischen Haushalt gewesen. Hermann und Peter rasierten sich sorgfältig, tätschelten Rasierwasser auf Wangen und Hals und zogen ihr bestes Hemd an.

Hermann hatte seine liebe Not, einen Blumenstrauß für die Mutter zu bekommen. Schließlich fanden sie einen Floristen, der einen Strauß binden konnte. Sie wussten, dass François noch eine jüngere Schwester hatte. Also besorgten sie noch einen kleineren Strauß mit rosafarbenen Rosen. Mit den Blumen in der Hand und einer Flasche Cognac unter dem Arm machten sie sich auf den Weg zu ihrem Freund.

Das Haus lag in der Nähe des Étang du Bois Joalland, einem Süßwasser-Reservoir vor den Toren der Stadt. François' Eltern waren hierhin gezogen, nachdem Saint-Nazaire fast völlig zerstört worden war. Sie wollten nicht in der Stadt bleiben und darauf warten, dass alles wiederaufgebaut würde. Außerdem hatten sie Glück, dass sie dieses Haus von François' Großeltern noch besaßen. Es war ein schönes solides Steinhaus mitten in der Natur, umsäumt von Eichen, Pappeln und Kiefern. Die weißen Holzläden vor den Fenstern waren dunkelrot umrandet und mit diagonalen Kreuzen bemalt, was Hermann ein wenig an eine Ritterburg erinnerte.

Auf ihr Klingeln hin öffnete François die Holztür, beim Anblick seiner Freunde breitete er die Arme aus. Ein großer beigefarbener Hund, eine Mischung aus Labrador, Retriever und Collie, stürmte an ihm vorbei auf die Gäste zu und sprang freudig an ihnen hoch. Hermann riss die Arme hoch, um den Blumenstrauß für die Mutter zu retten.

„Médo, viens!" rief François und griff den Hund am Halsband. „Entschuldigt, er ist noch sehr jung und verspielt!"

Aus dem Augenwinkel sah Hermann einen Schatten weghuschen. Als sie in den Windfang eintraten, standen François' Eltern und seine kleine Schwester im Türrahmen zum Wohnzimmer. François' Schwester musterte die beiden Fremden mit ernstem Gesicht. Sie war noch jung, aber kein kleines Mädchen mehr. Hermann schätzte sie auf 16 oder 17. Er fühlte sich seltsam befangen. Zum Glück ergriff François das Wort und stellte seine Gäste vor.

Pierre Guimard war eine kantige, wettergegerbte Erscheinung. Mit seiner riesigen Hand drückte er erst Peters, dann Hermanns Hand zur Begrüßung, sagte *„bonsoir!"* und nickte. Kein Hinweis darauf, dass die beiden sich schon einmal gesehen hatten.

Catherine, François' Mutter, hauchte den Gästen einen berührungslosen Kuss erst auf die linke, dann auf die rechte Wange. Sie trug ein hellblaues kurzes ärmelloses Kleid, das ihre schmale Statur betonte. François kam eindeutig nach ihr. Er hatte ihre hellen Augen und braunen Locken geerbt. Sie bedankte sich für die Blumen, bat um Entschuldigung und verschwand in der kleinen Küche, um Vasen zu holen. Dann war Jeanne an der Reihe, François' kleine Schwester. Sie drückte ihren Rücken durch als sie vorgestellt wurde. Sie war die Kleinste in der Runde. Sie trug einen weißen Rock und eine gelbe Bluse mit Schleife, darüber eine weiße Strickjacke. Ihre langen dunklen Haare hatte sie zu zwei Zöpfen geflochten, die links und rechts auf ihren Schultern lagen. Mit ihrem ernsten Blick und ihren dunklen Augen ähnelte sie ihrem Vater. Sie begrüßte die beiden Fremden höflich und eilte ihrer Mutter in die Küche nach. Hermann schaute ihr einen Moment verwirrt hinterher. Pierre riss ihn aus seiner Starre und bat den Besuch auf die Terrasse. Von hier aus hatte man einen weiten Blick über den Garten hinaus auf Getreidefelder, die einem Bauern gehörten, der zwar der nächste Nachbar war, aber zwei Kilometer entfernt wohnte. Der See lag auf der anderen Seite des Hauses. In dem Garten standen Obstbäume an denen noch unreife Äpfel, Kirschen und Birnen hingen, in dem Gemüsebeet zog Catherine Kartoffeln, Lauch und Salat.

„Wie grün es hier ist", sagte Peter erstaunt.

Saint-Nazaire selbst war eine industriell geprägte Stadt. Die meisten Häuser waren graue, hastig zusammengezimmerte Baracken. Sie dienten der Bevölkerung als Behelfsunterkunft, bevor sie in die neuen modernen Hochhäuser umziehen konnten, die dicht an dicht entlang der Straßen gebaut wurden. Doch hier war die Provinz Frankreichs – ländlich, weit und schön. Auf dem Weg hatten sie orange gestrichene Steinhäuser gesehen und immer wieder Felder, Bäume und Blumen.

Catherine trat auf die Terrasse und servierte auf einem Silbertablett *Pastis* für die Männer und *Kir* für sich und ihre Tochter. Jeanne balancierte zwei große Teller, auf denen Blätterteigtaschen mit Schinken, Sardellen sowie Oliven arrangiert waren. Genüsslich pikste Peter mit einem Holzstäbchen in die prallen grünen Oliven und setzte sich in einen Korbstuhl. Sie sprachen über die Arbeit auf der Werft und die sich verändernde Nachfrage nach Schiffen. Hermann und Peter berichteten von der Arbeit auf der AG Weser, sie hatten in ihrer Zeit dort nie etwas anderes gebaut als Tanker und waren beeindruckt von Pierres Erzählungen über die *France*. Hermanns Aussprache sorgte für einige Lacher, aber sie konnten sich verständigen. Nachdem sie eine Weile geplaudert hatte, bat Catherine zu Tisch. Es war warm und sie hatte draußen auf der Terrasse eingedeckt. Auf jedem Platz stand bereits ein Teller mit Salat und geräuchertem Fisch.

„J'espère que vous aimez la civelle", sagte sie fast schüchtern.

Hermann und Peter sahen sie ratlos an.

"*Civelle*?", fragte Pierre.

„*Civelle* ist Aal. Das ist eine Spezialität aus der Region. Die habe ich heute Morgen in der Loiremündung gefischt", sagte Pierre auf Deutsch.

„Sie sprechen Deutsch?" staunte Peter.

„Ja, nicht mehr so gut. Aber. Ja!"

„Das wusste ich ja gar nicht. Wo haben Sie das denn so gut gelernt?"

„Ich war während des Kriegs in Deutschland und musste auf einem Bauernhof arbeiten, da habe ich es gelernt."

Hermann und Peter schluckten peinlich berührt. François' Vater war offenbar ein Zwangsarbeiter gewesen. Peter fand als erster seine Fassung wieder.

„Das tut uns leid, Monsieur", entschuldigte er sich. Pierre hob beschwichtigend die Hände und verfiel wieder ins Französische. „Das braucht euch nicht leid zu tun. Entschuldigt, ich wollte euch nicht mit alten Geschichten kommen. Ich dachte, François hätte euch das schon erzählt. Er brennt immer darauf, Geschichten aus meiner Zeit in Deutschland zu hören. Von mir hat er auch ein paar deutsche Worte gelernt. Also bitte!", er wies auf den Tisch „setzt euch und greift zu!"

Hermann warf François einen Blick zu, der mit dem Schultern zuckte und nickte. Daher kam also das Interesse an Peter und ihm. Hermann hatte sich schon gewundert, warum François so gut informiert war über alles, was in Deutschland vor sich ging. Er schien allerdings nichts von der ruhigen besonnenen Art seines Vaters zu haben, dachte Hermann. Aber nun gut, man wusste nie, wie es hinter der Fassade aussah.

Trotz Pierres Geschichte entwickelte sich ein ungezwungener Abend, bis das Gespräch auf François' bevorstehenden Militärdienst kam.

„Wenn du willst, dass jemand auf dich wartet, dann solltest du dir bald eine Frau suchen", sagte Catherine und zwinkerte ihrem Sohn zu.

„Ach ja? Ich brauche mir keine Frau zu suchen. Ich gehe nämlich nicht zum Militär", erwiderte François.

„Da musst du wohl oder übel durch", sagte Pierre. *„Je ne vais pas porter une uniforme ou une casque! Jamais!"* „Nie im Leben werde ich eine Uniform anziehen oder mir so einen Helm aufsetzen!" François sprang von seinem Stuhl auf.

„Mein Sohn, auf der Arbeit trägst du auch eine Uniform und einen Helm!" Pierre blieb ruhig. Normalerweise hätte seine Aussage für Heiterkeit gesorgt. Doch zum Lachen war gerade niemanden zumute.

„François, sei doch froh, dass du nicht mehr nach Algerien musst!", versuchte Catherine ihn zu beruhigen und schlug damit genau in die verkehrte Kerbe ein.

„Ach ja?", sagte François, der jetzt richtig in Fahrt kam. „Und warum sollte ich froh sein? Was war denn so schlimm in Algerien, dass keiner drüber spricht und dass keine Mutter ihren Sohn dort hinschicken würde? He? Sag's mir!"

Catherine bereute, das Thema angeschnitten zu haben. Sie wollte ihren Sohn nur necken, weil er nie eine Freundin mit nach Hause brachte und jetzt drehte sich die Diskussion erneut um die unglücksseligen Ereignisse in Algerien.

„Ist schon gut. Bitte!" lenkte sie leise mit Blick auf die Gäste ein.

„François! Wie gehst du mit deiner Mutter um? Entschuldige dich, aber sofort!" Pierres Augen blitzten auf.

„Entschuldige *Maman*", sagte François in einem Ton, von dem Pierre wusste, dass das Thema für seinen Sohn nicht beendet war.

Pierre hatte Verständnis dafür, dass François das Vorgehen der Franzosen in Algerien kritisch sah, aber er duldete nicht, dass er so mit Catherine sprach. Es war schon schlimm genug, dass François sich mit den Amerikanern schlug und ins Gerede kam. Mittlerweile ließ sich vor Catherine nicht mehr verbergen, dass ihr Sohn ein Schläger war. Er hatte überlegt, wie es ihm gelängen könnte, François' Energie in positivere Bahnen zu lenken. Die Gewerkschaft war nicht der richtige Ort für ihn gewesen. Sie hatte ihre großen Schlachten bereits geschlagen. War François anfangs bei den Treffen noch mit dabei, ließ er sich in der letzten Zeit immer seltener blicken und suchte stattdessen die Auseinandersetzung mit den GIs. Erst dachte Pierre, die Deutschen könnten etwas damit zu tun haben, deswegen wollte er sie kennenlernen, aber er musste erkennen, dass die beiden harmlos waren. Eher war zu befürchten, dass François einen schlechten Einfluss auf sie ausübte.

Hermann und Peter ahnten von den Gedanken Pierres natürlich nichts. Sie staunten über die Leidenschaft, mit der die Familie diskutierte. Vor allem Hermann verfolgte interessiert den Schlagabtausch zwischen Vater und Sohn. Er bewunderte wie Pierre es schaffte, den hitzköpfigen François mit Worten zur Räson zu bringen, wenn auch nur vorübergehend. Bei den Familien, die er kannte, hätte spätestens jetzt der Vater seinem Sohn eine Tracht Prügel verabreicht. Pierre hingegen schaffte es auch so für Ruhe zu sorgen.

François war frei von Angst vor irgendwelchen Strafen und hatte trotz allem Respekt vor seinem Vater. Trotzdem brodelte es ihn ihm. Und diese Aggressivität und Wut, die François an den Tag legte, auch gegenüber seinen Eltern, war etwas, was Hermann an François irritierte. Er wäre dankbar gewesen, wenn er so einen Vater wie Pierre gehabt hätte und Eltern, die für ihn einen Weg vorgezeichnet hätten. Doch François schien genau das wütend zu machen. Und Hermann fragte sich, ob ihn diese Wut eines Tages nicht auch noch treffen würde.

Im Juli begannen für die französischen Kinder die großen Ferien. Eine große Ruhe legte sich über die Stadt, während das Leben auf dem Land aufblühte. Die Wiesen und Felder schienen noch farbenprächtiger als sonst und erinnerten Hermann an die vergangenen Sommer seiner Kindheit. An den Bäumen reiften die Kirschen bis sie prall und saftig rot waren, die

Birnen setzten sich sattgelb von dem dunklen Grün der Blätter ab und alles ging fröhlich und leicht voran. Hermann besuchte nahezu jedes Wochenende François und seine Familie. An den lauen Sommerabenden saßen sie draußen auf der Terrasse, unterhielten sich und tranken Wein. Hermann war mehr und mehr beeindruckt von Pierre, der ihm gut und gerecht schien und in seiner ruhigen bedachten Art für alles eine Lösung zu haben schien. Zum ersten Mal dachte Hermann daran, sesshaft werden zu wollen. Er suchte sich ein möbliertes Zimmer im Hafenviertel, wo er mehr Platz für sich hatte und in der Küche der Vermieter sogar selber kochen konnte. So ein Leben wie Pierre es führte, erschien ihm erstrebenswert: Arbeiten und gutes Geld verdienen, sich in der Gewerkschaft engagieren und eine Familie gründen. In dieser unbeschwerten Zeit dachte er kaum noch an Bremen bis ihn eines Tages ein Brief von Henny erreichte.

Hermann las die Zeilen, zerknüllte das Papier und warf den Brief in den Müll. Henny hatte geschrieben, dass es Oskar nicht gut ginge. Sie wisse nicht, ob er dieses Jahr Weihnachten noch erleben würde. Er solle sich doch bitte melden. Hermann schloss die Augen. Irgendwo in seinem Kopf hatte er sein altes Leben weggeschlossen. Sicher verwahrt, so dass keine Fragen aus der Vergangenheit mehr herauskommen konnten. Er wollte sein altes Leben nicht mehr zurück. Er lebte ein neues und hatte mit Pierre einen väterlichen Freund gefunden.

Jeanne Guimard

François' Schwester war bei allem mit dabei, ohne dass die Männer allzu große Notiz von ihr nahmen. Sie ahnten nicht, was in dem Mädchen vor sich ging. Jeanne hatte sich in Hermann verliebt. Im Stillen zerbrach sie sich den Kopf darüber, wie sie seine Aufmerksamkeit auf sich lenken konnte.

Hermann bemerkte zwar die Blicke, die ihm Jeanne während der langen Diskussionen am Esstisch zuwarf. Auch ertappte er sich selbst dabei, wie er immer wieder zu ihr schaute. Selbst Peter fiel es auf, dass es zwischen den beiden knisterte. Trotzdem wiegelte er ab, als Peter ihn drauf ansprach.

„Warum gehst du nicht mal mit ihr aus? Die ist doch niedlich", fragte Peter.

„Ich weiß nicht, sie ist noch so jung, außerdem ist sie François' kleine Schwester. Ich will es mir nicht mit ihm versauen und erst recht nicht mit Pierre", antwortete Hermann.

„Du bist zu anständig für diese Welt", lachte Peter.

„Zu anständig? Ja, das mag wohl sein", dachte Hermann.

Es fühlte sich falsch an. Hermann mochte Jeanne, aber er wagte nicht sich vorzustellen, was François oder Pierre sagen würden, wenn er etwas mit ihr anfinge. Also ließ er es ganz und war sogar unfreundlicher zu Jeanne als er es normalerweise gewesen wäre.

Erst war Jeanne traurig, dass Hermann sie ignorierte. Mit der Zeit wurde sie jedoch wütend.

„Was bildet der sich eigentlich ein?" schrieb sie des Nachts in ihr Tagebuch. „François hier, Pierre dort. Was ist mit mir?"

Wie um ihrer Wut Nachdruck zu verleihen, setzte sie hinter ihrer letzten Frage drei dicke Fragezeichen. Sie legte das Buch auf die Bettdecke und ging zu ihrer Kommode. Vor dem Spiegel betrachtete sie ihr Gesicht, ihre feinen Nasenflügel, die großen dunklen Augen, die leicht gebräunte Haut und ihre rosafarbenen Lippen. Dann ging sie ein paar Schritte zurück, so dass sie ihren Oberkörper im Spiegel sehen konnte. Die Haare hatte sie zu einem langen Zopf geflochten, der seitlich über ihre Schulter fiel.

„Vielleicht sieht er nicht, dass ich schon eine Frau bin", dachte Jeanne.

Sie zog ihr Nachthemd aus und betrachtete ihren schmalen Körper, die kleinen Brüste und ihre Scham. Ihr Blick wanderte wieder nach oben und blieb an ihrem Busen heften. Sie drehte sich zur Seite. Ein bisschen mehr hätte sie schon haben können, aber im Grunde gefiel sie sich so wie sie war. Ihre Freundin Élodie hatte einen viel größeren Busen, so groß, dass alle Jungs damals in der Schule sie damit aufzogen und ihr ständig unterstellten, eine Sexbombe zu sein. Jeanne hatte mitbekommen, wie sehr Élodie darunter litt und dass ihr der Rücken wehtat, weil die Brüste so schwer waren. Ihre Brüste mochten zwar klein sein, aber die Form war schön, die Brustwarzen klein und in einem hellen Braun. Nur ihr langer Mädchenzopf störte sie. In einer Zeitschrift ihrer Mutter hatte sie Bilder von Mannequins gesehen, die halblange geföhnte Haare trugen.

Sie fasste einen Entschluss. Schnell streifte sie ihr Nachthemd über. Im Dunkeln ging sie in die Küche und kehrte mit der Schere zurück in ihr Zimmer. Ohne zu zögern, setzte sie die Schere an. Der Zopf war so dick, dass sie das Haar nicht auf einmal durchschneiden konnte. Sie löste das Band und schnitt Strähne für Strähne bis zur Schulter ab. Sie überlegte, sich noch einen Pony zu schneiden, fürchtete aber, dass sie das nicht gerade hinbekommen würde, also ließ sie es bleiben. Zufrieden betrachtete sie ihr Werk. Sie band die abgeschnittenen Haare mit einem Band zusammen und legte den Zopf in ein Stück Papier als Erinnerung, dann brachte sie die Schere zurück an ihren Platz und legte sich schlafen.

Catherine war entsetzt als sie ihre Tochter am nächsten Morgen sah. Da Jeanne in das Kurzwaren-Geschäft musste, wo sie arbeitete, blieb ihr nichts anderes übrig, die Haare ihrer Tochter so gut es ging festzustecken und zu klammern. Am Nachmittag holte sie Jeanne von der Arbeit ab und ging direkt mit ihr zum Friseur. Der korrigierte die Längen und schnitt Jeanne einen Pony, den sie sich fortan über eine Bürste föhnen musste. Das war zwar aufwändiger als sich einen Zopf zu flechten, aber Jeanne war glücklich. Endlich sah sie wie eine erwachsene Frau aus. Aufgeregt fragte sie sich, was Hermann wohl zu ihrer neuen Frisur sagen würde. Am Wochenende würden sie sich wiedersehen und dann würde er endlich merken, dass sie nicht mehr das kleine Mädchen war, für das er sie hielt.

Enttäuscht musste Jeanne feststellen, dass ihre neue Frisur nicht die erhoffte Wirkung erzielte. Hermann hatte sie an der Tür nur verblüfft angesehen und nichts gesagt. Nur Peter hatte ihr ein anerkennendes „Sehr hübsch!" zugeraunt.

Später im Gespräch wandte sich Hermann wieder nur François und ihrem Vater zu. Innerlich kochte es in ihr. Sie war so aufgebracht, dass sie beim Tellerabräumen Hermann absichtlich mit dem Ellenbogen anstieß.

„*Pardon!*" murmelte sie, erschrocken über ihren Gefühlsausbruch. Sie legte sich früh schlafen. Doch noch am gleichen Abend sollte Jeanne die Gelegenheit erhalten, auf die sie so lange gewartet hatte.

Es war spät geworden. Hermann und Peter hatten viel getrunken. Dankbar nahmen sie Catherines Angebot an, bei ihnen im Gästezimmer zu übernachten.

Sie selber war früh zu Bett gegangen und las, während die Männer bei Cognac und Zigaretten noch draußen auf der Terrasse saßen und redeten.

Nachts wachte Jeanne auf, sie hatte Durst. Sie tappte in die Küche, um sich ein Glas Wasser zu holen, als sie ein Geräusch hörte. Vor Schreck zog sich ihr Herz zusammen. Sie hörte genauer hin. Das Geräusch kam aus dem Wohnzimmer. Die Tür war nur angelehnt und sie sah, dass jemand das Licht angelassen hatte. In der Tür blieb sie stehen.

Hermann nahm ein Buch aus dem Regal, schaute drauf und stellte es wieder zurück. Mit den Fingern fuhr er über die Buchrücken und hielt seinen Kopf schräg, um die Titel besser lesen zu können.

„Guten Abend!", sagte Jeanne.
Hermann erschrak. Er hatte versucht, niemanden aufzuwecken, war aber offenbar doch zu laut gewesen.
„Jeanne! Was machst du hier?" fragte er.
„Ich hatte Durst und wollte mir etwas zu trinken holen. Und du, was machst du hier?"
„Ich kann nicht einschlafen. Ich habe wohl zuviel getrunken. Ich wollte mir ein Buch ausleihen. Dein Vater sagte mir, er hätte noch einige Bücher auf Deutsch."

Jeanne ging zur linken Seite des Bücherschranks, schaute nach und zog ein Buch mit einem braunblauen Einband hervor.

„Hier ist eins, davon hat Papa uns erzählt", sagte sie „da stehen auch noch andere Bücher."

„Das fliegende Klassenzimmer" las Hermann laut vor. „Darf ich?"

Hermann nahm das Buch und schlug die erste Seite auf. „Katharina Held" stand da mit blauer Tinte geschrieben. „Merkwürdig", dachte Hermann.

„Und, ist das was für dich?"

„Das Buch?" Hermann sah Jeanne an. Süß sah sie aus in ihrem Nachthemd. Auf ihrer Wange hatte sie einen roten Fleck, ein Abdruck von ihrem Kissen.

„Äh, ja. Ich habe mal den Film gesehen. Eigentlich ist es ein Jugendbuch, aber vielleicht genau das richtige für jetzt. Das nehme ich gerne mit nach oben" sagte er und klappte das Buch zu.

Jeanne starrte ihn an. Sie musste nach oben schauen, um ihm in die Augen sehen zu können. Eigentlich hätten ihre Nasen zusammenstoßen müssen, wenn Hermann sich nur ein wenig heruntergebeugt hätte. So dicht stand Jeanne vor ihm. Hermann nahm ihren Duft wahr. Er war frisch und rein und erinnerte ihn entfernt an Orangen. Irritiert dachte er, dass sie anders aussah als sonst und er überlegte, was anders war, als sich Jeanne ganz sachte gegen ihn lehnte. Sein Herz schlug heftig. Er legte den Arm um ihre Schultern, zog sie noch enger an sich ran und küsste ihren Schopf. Tief zog er die Luft ein. Er legte das

Buch wieder ab. Ihm war egal, was François oder Pierre denken mochten. Er suchte ihren Mund und küsste sie sanft. Sie erwiderte den Kuss. Dann nahm sie seine Hand und nahm ihn mit in ihr Zimmer.

Sie liebten sich in ihrem Jugendbett. Für Jeanne war es das erste Mal, aber sie hatte keine Angst und Hermann war vorsichtig. Kurz vorm Höhepunkt brach er ab. Mit pochendem Herzen nahm er sie in den Arm und versuchte, sich und seinen Atem zu beruhigen.

„Was ist los?" fragte sie.

„Dein Vater und François werden mir den Kopf abreißen", sagte er.

„Ach nein, mein Vater hat dich gern. Und François, der interessiert sich doch gar nicht für mich! ", erwiderte sie und küsste ihn. Mit ihrer Hand fuhr sie durch den hellen Flaum auf seiner Brust. „Außerdem muss ja keiner etwas erfahren!"

Der nächste Morgen war ein Sonntag. Pierre und Catherine waren schon seit der Früh auf den Beinen und auch Jeanne war wach. Sie saß in der Sonne auf der Küchenbank, las und streichelte über Médos Fell als die Männer in die Küche traten. Hermann war noch in der Nacht zurück ins Gästezimmer geschlichen, niemand hatte etwas von ihrem Treffen bemerkt. Catherine wärmte Kaffee mit Milch in einer Kasserolle auf. Es war ein schöner Sommertag und die jungen Leute beschlossen zum Baden ans Meer zu fahren. Sie nahmen ein Picknick mit kaltem Hühnchen vom Vorabend mit sowie Brot, Käse und Obst aus dem Garten.

Sie fuhren nach Saint-Marc sur Mer, einem kleinen Badeort direkt am Atlantik. Während Hermann den Opel durch die geschlängelten Straßen steuerte, erzählte François von einem Film, der hier gedreht wurde.

„Seit den Dreharbeiten ist hier richtig was los. Guck mal, da vorne. Das Café gab es vorher noch nicht. Unser Onkel Richard, Mamas Bruder, war sogar als Statist dabei. Er musste einen der Hotelgäste darstellen. Die ganze Stadt hat von den Dreharbeiten profitiert. Erst sind die Filmleute hierhergekommen und dann all diejenigen, die den Film gesehen haben."

„Welcher Film war das?" fragte Peter.

„Die Ferien des Monsieur Hulot", antwortete François.

„Kenne ich nicht."

„Den müsst ihr euch anschauen, der Film ist wirklich lustig!", mischte sich Jeanne in das Gespräch ein.

Hermann warf ihr einen verliebten Blick im Rückspiegel zu und sie lächelte glücklich zurück. Sie stellten das Auto in einer Seitenstraße ab. Von dort gingen sie zu Fuß weiter zum Strand.

Vor ihnen erstreckte sich ein gelber Teppich mit grobem Sand. Aus dem Wasser ragten schwarze schroffe Felsen, die wie hingeworfen aussahen. Es wehte ein leichter Wind und Hermann atmete tief ein. Der Atlantik war viel rauer als das Ionische Meer, das im Vergleich ein seichtes Gewässer war. Das hier war wie die Nordsee vor Helgoland, während das Ionische Meer einer Badewanne glich. Auf der Mole hatten es sich Angler mit ihren Klappstühlen bequem gemacht. Am Strand lagen die ersten Sonnenanbeter mit ausgestreckten Armen und Beinen. Überall ragten blau und rot-weiß gestreifte Sonnenschirme aus dem Sand. Kinder buddelten die Füße ihrer Eltern im Sand ein. Die Wellen rollten rauschend heran und zerschellten an den großen, dunklen Felsen. Sie suchten sich einen Platz in der Nähe der Mole und stellten einen Sonnenschirm für Jeanne auf. Es war warm, aber durch den Wind gut auszuhalten. Die Männer rannten direkt in die Wellen. Hermann sprang kopfüber ins Wasser, das herrlich kalt und erfrischend war. Prustend tauchte er wieder auf und schwamm mit ein paar kräftigen Zügen hinaus. Jeanne war – so schien es – vertieft in ihr Buch. Hermann warf ihr verstohlene Blicke zu und auch sie suchte unter ihrem Sonnenhut immer wieder den Saum des Wassers nach ihm ab.

Am Abend rief Jürgen aus Italien an. Er musste wieder zurück nach Belgien, die Hochzeit sollte verschoben werden. Er schien verzweifelt und überlegte, ob er kündigen sollte. Aber er hatte noch ein anderes Anliegen, weswegen er Hermann anrief.

„Ich wollte dich fragen, ob du mein Trauzeuge sein willst?"

„Äh ja, geht das denn? Ich bin doch gar nicht katholisch und Italienisch spreche ich auch nicht. Willst du nicht erst einmal abwarten, bis du aus Belgien wieder zurück nach Italien kannst?", wand Hermann ein.

„Mit Geld geht hier alles", antwortete Jürgen. „Wir haben ja noch Zeit. Aber du hast Recht. Erst einmal muss ich das hier klären. Vielleicht fange ich direkt bei dem Stahlwerk als Betriebsschlosser an, wenn die das fertig gebaut haben."

„Wie lange musst du denn nach Belgien?"

„Keine Ahnung. Zwei, drei Monate vielleicht. Ich werde noch irre. Bevor Annamaria und ich nicht verheiratet sind, dürfen wir nicht zusammenziehen." „Du hast dir deine Italienerin selber ausgesucht", lachte Hermann.

„Ja, ja, lach du nur. Was ist denn mit dir?"

Hermann berichtete von Jeanne.

„Tja, so langsam werden wir alle sesshaft", sagte Jürgen. „Du und Peter in Frankreich, ich in Italien. Wer hätte das vor ein paar Jahren noch gedacht?"

21 waren sie beide. Genau das richtige Alter zum Heiraten. Hermann bereitete nur Kopfzerbrechen, dass Jeanne noch so jung war. Sie war erst 17.

Wann immer sich die Gelegenheit bot, fanden Hermann und Jeanne zusammen. Oft gingen sie am See spazieren. Auf der anderen Seeseite, wo niemand sie sehen konnte, küssten sie sich. Zwar konnte es niemanden entgangen sein, dass zwischen den beiden etwas passiert war, aber keiner sagte etwas. Hermann nahm es als stillschweigende Zustimmung auf, trotzdem hatte er ein leichtes Ziehen im Magen, wenn sie sich absetzten. Er wagte es nicht, Jeanne des Nachts in ihrem Zimmer aufzusuchen. Zu groß war die Angst, dass jemand sie überraschen könnte. Er war bis über beide Ohren in Jeanne verliebt und verspürte eine quälende Sehnsucht, wenn sie nicht in seiner Nähe war. Und so wurden sie mit der Zeit mutiger und trafen sich heimlich auch unter der Woche in seinem Zimmer.

Für bretonische Verhältnisse war der Sommer überdurchschnittlich trocken und heiß. Catherine, die ihr Gemüse und Obst im Garten ernten musste, bevor es vollends verdarb, war dankbar für jede Hilfe. Hermann ging bei den Guimards ein und aus und war so etwas wie der zweite Sohn geworden. François und Pierre hingegen gerieten immer häufiger aneinander. Dies blieb nicht ohne Folgen für Hermann und François. François war nicht dumm. Er wusste sehr wohl, dass Hermann nicht seinetwegen kam und stellte ihn zur Rede.

„Was ist das mit dir und Jeanne?" fragte François unvermittelt.
„Was meinst du?" versuchte Hermann sich rauszuwinden.

„Verkauf mich nicht für blöd!"

„Ich weiß nicht, ich mag sie!", antwortete Hermann.

„Okay, aber wir sprechen hier von meiner kleinen Schwester. Ich will nicht, dass du sie ins Gerede bringst."

„Seit wann interessiert es dich, was andere Leute denken", fragte Hermann. Den Seitenhieb konnte er sich nicht verkneifen.

François schaute ihn für einen Moment an und Hermann konnte nicht abschätzen, ob er nun einen abbekam oder nicht. François entschied sich offenbar für letzteres.

„Mach sie einfach nicht unglücklich, in Ordnung?"

„Habe ich nicht vor. Ich mag sie wirklich!", versicherte Hermann.

Trotzdem kühlte ihr Verhältnis ab. Peter war auch immer seltener dabei, er blieb lieber in der Stadt bei Nathalie. Einmal brachte er sie zum Essen zu den Guimards mit, doch ungestört konnte er dort mit ihr nicht sein. François trieb sich weiter rum. Pierre redete ihm ins Gewissen, doch François schien nicht hören zu wollen, was sein Vater sagte. Pierre gab seinen Sohn dennoch nicht auf. Er holte ihn ab, wenn es nötig war. Beschwichtigte, wenn er Einfluss nehmen konnte.

Hermann gegenüber äußerte Pierre Verständnis. Er selbst war in einem sehr religiösen Elternhaus groß geworden und hatte gegen seine Eltern rebelliert, bis er irgendwann erwachsen war und seinen eigenen Weg gehen konnte.

„Jeden Sonntag musste wir Kinder in die Kirche. Meine Mutter kam aus einer Kaufmannsfamilie und es war ihr sehr wichtig, was die Leute von uns dachten. Insgeheim nahm sie es meinem Vater übel, dass er nur ein Werftarbeiter war. Als ich dann auch noch auf der Werft anfing und mein Bruder raus zur See fuhr, war das wohl auch eine Art Protest gegen ihr konventionelles Denken. Wir durften nicht ausgehen und damals gab es in Saint-Nazaire auch nichts, wo man hätte hingehen können. Dass ich Catherine kennengelernte, war großes Glück. Es ist nicht selbstverständlich, jemanden zu treffen, den man wirklich liebt und mit dem man sich versteht! Nach dem Krieg bin ich dann zurück zur Werft und habe mich in der Gewerkschaft eingebracht. Wirklich rausgekommen aus Saint-Nazaire bin ich nur das eine Mal im Krieg. Aber ich war so lange weg, dass mein Durst nach Abenteuern gestillt war. Vielleicht muss François einfach die Erfahrung machen, dass es woanders nicht zwingend besser ist und dass nichts Neues geschieht. Im Grunde sind es immer nur neue Menschen, die das Gleiche erleben."

Hermann nickte. Die großen Ereignisse des Lebens passierten von alleine, waren unaufhaltsam und hinterließen die gleichen tiefen Spuren. Die erste große Liebe, Krankheit, Geburt, Tod. Jeder würde irgendwann einmal alt werden und sterben. Diese Gewissheit beruhigte Hermann, bis zu dem Tag, an dem Hennys Brief kam.

Saint-Nazaire, November 1962

Es wurde dunkel. Hermann kehrte von seinem Spaziergang an der Loire zurück. Wie erhofft, sah er nun alles klarer als am Mittag, als er Hennys Brief gelesen hatte. Er hatte sich entschieden. Er würde nicht nach Hause zurückkehren, aber er würde Jeanne beim nächsten Treffen alles erzählen. Wenn sie eines Tages heiraten sollten, so war es besser, jetzt reinen Tisch zu machen.

Am Samstagnachmittag besuchte er die Guimards. Nach dem Mittagessen gingen Jeanne und er spazieren und setzten sich warm eingehüllt in ihre dicken Mäntel auf eine Bank am Seeufer. Jeanne fragte ihn nach seinem Großvater und ob Hermann Weihnachten mit ihr verbringen oder lieber zurück nach Hause fahren wollte. Da fing Hermann an zu erzählen. Von seiner Mutter, an die er nur noch schemenhafte Erinnerungen hatte, von seiner resoluten Oma Henny und seinem geliebten Opa Oskar. Er erzählte von Hans' Wutausbrüchen, von Hannah und ihren Männern und von Gerd, der gleich die erste Frau, die er geschwängert hatte, heiraten musste. Und dann erzählte er, wie er nichtsahnend bei seinem eigenen Vater gearbeitet hatte, von dem er eigentlich dachte, dass er tot sei.

„Mein größter Wunsch war es, nach oben zu kommen, Geld zu verdienen und nie Not leiden zu müssen. Als Hannah mir die Geschichte von meinem Vater erzählte, konnte ich es kaum glauben. Dann war ich nur noch wütend und habe einfach so weitergemacht wie vorher – nur anderswo! So bin ich hierhergekommen", endete Hermann und wandte sich Jeanne zu. „Mit dir habe ich das erste Mal das Gefühl, dass ich wieder eine Familie haben möchte."

So, nun war es raus. Er hatte mehr von sich preisgegeben als jede Frau von ihm hätte erwarten können. Hermann wollte Jeanne an sich ziehen und sie küssen, doch sie blieb aufrecht sitzen. Sie wollte noch weiterreden.

„Ist es nicht erstaunlich, dass du so normal geworden bist?", fragte sie ihn dann.

„Normal? Keine Ahnung. Wie meinst du das?", fragte Hermann, überrascht über die Frage.

„Na, normal halt. Du hast eine Arbeit, ein geregeltes Leben. Du kannst selber für dich sorgen, kannst feiern, ohne jedes Mal sturzbetrunken zu sein und am nächsten Morgen stehst du wieder auf. Außerdem bist du ein feiner Kerl", sagte Jeanne und stupste ihn in die Seite.

„Hmm", brummte Hermann. Er wollte nicht reden, sondern sie viel lieber küssen und drückte sie an sich.

„Ich glaube, es ist die Liebe", sinnierte Jeanne und schob ihn weg. „Deine Mutter muss dich sehr geliebt und sich um dich gesorgt haben als sie noch konnte. Ich habe mal gehört, dass Kinder schon im Mutterleib spüren, ob sie gewollt sind oder nicht!"

„Mag sein, aber meinem Onkel Hans hat es eher geschadet, dass er so verwöhnt wurde", sagte Hermann und knabberte an Jeannes Ohr. Er nahm eine Haarsträhne von ihr in die Hand und ließ sie durch seine Finger gleiten. Er spürte, wie sie schwach wurde und jeglichen Widerstand aufgab. „Du solltest sie wieder wachsen lassen", murmelte er noch und vergrub seine Nase in ihrem Schopf.

Den ersten Advent feierten sie mit einem Festessen. Catherine hatte *Coq au Vin*, Huhn in Rotwein und mit Perlzwiebeln, zubereitet. Zum Dessert gab es eine *Tarte au Citron*, ein Zitronentörtchen mit Merengue und Käse. François war ausnahmsweise da, verschwand aber direkt nach dem Essen mit Raymond zu einer Versammlung in die Stadt. Um welche Versammlung es sich dabei handelte, wusste keiner. Eine Versammlung der Gewerkschaft war es jedenfalls nicht. Doch Pierre hatte es aufgegeben nachzufragen, er konnte seinen Dickkopf von Sohn nicht aufhalten. Nach dem Essen holte er seinen guten Cognac aus dem Eichenschrank, nahm zwei Gläser in die Hand und forderte Hermann auf, zwei Decken mitzunehmen und mit raus auf die Terrasse zu kommen. Hermanns Herz klopfte.

„Jetzt ist es raus. Jetzt will er wissen, was ich mit Jeanne vorhabe", dachte er.

Obwohl es bereits Dezember war, war es noch recht mild. Der leichte Nieselregen vom Tag hatte aufgehört. Pierre setzte sich an den nackten Holztisch und schenkte sich und Hermann etwas ein. Er stopfte seine Pfeife und zündete sie an. Scheinbar in Gedanken versunken, schwenkte er die karamellbraune Flüssigkeit in seinem Glas.

„Ich habe gehört, du hast Nachrichten aus Deutschland bekommen?"

Hermann stutzte. Er warf einen Blick durch das Fenster ins Haus. Dort saßen Jeanne und Catherine am abgeräumten Tisch und legten eine *Patience*.
„Ja?"
„Willst du mir davon erzählen?"

Hermann öffnete seine Zigarettenschachtel. Er riss das Silberpapier ab und formte daraus kleine Kügelchen. Er hatte nicht vor, Pierre von Zuhause zu erzählen. Fieberhaft überlegte er, in welche Richtung er das Gespräch lenken könnte. Doch Pierre ergriff erneut die Initiative.

„Catherine hat mir erzählt, du würdest Weihachten hier bei uns bleiben, was mich sehr freut. Aber sie hat mir auch erzählt, dass dein Großvater schwer krank ist."

Hermann warf Jeanne einen vorwurfsvollen Blick

durch das Fenster zu. Jeanne schaute ihn unschuldig an und tat so, als ob sie nichts verbrochen hätte.

„Diese Frauen, dass die immer plappern müssen!", dachte er und fluchte innerlich.

„Willst du deinen Großvater nicht besuchen?", hakte Pierre freundlich nach.

„Nein." Hermann warf das silberne Papierkügelchen auf den Tisch.

„Darf ich fragen, warum nicht?"

„Das ist eine lange Geschichte."

„Ich habe Zeit" sagte Pierre und zog an seiner Pfeife.

Hermann seufzte. Zu Recht wollte Pierre wissen, warum Hermann lieber in Frankreich Weihnachten feiern wollte als mit seiner Familie in Deutschland. Vielleicht ahnte er auch, dass es zwischen Jeanne und ihm etwas Ernstes war.

Hermann beschloss zu sagen, wie es war. Jetzt, wo er bereits einmal einem Menschen alles erzählt hatte, ging es ihm leichter über die Lippen. Er trank seinen Cognac in einem Zug aus und begann zu erzählen. Pierre unterbrach ihn nicht, hörte einfach nur zu, paffte seine Pfeife und schenkte nach.

„Ich weiß nicht, ob ich jemals zurückwill. Alle haben es gewusst und haben mich jahrelang angelogen", sagte Hermann.

„Aber wenn ich es richtig verstanden, war es der Wunsch deiner Mutter, dass du es nicht erfährst. Einer sterbenden Frau etwas abzuschlagen, ist schwer!", gab Pierre zu Bedenken.

„Ja, aber spätestens als ich bei meinem Vater gearbeitet habe, hätten sie es mir doch sagen müssen! Wahrscheinlich hat der Alte geahnt, wer ich bin und ich Trottel wusste von nichts. Hätte ich das gewusst, hätte ich nie im Leben dort angefangen. Ich hätte den Wunsch meiner Mutter respektiert und nichts gesagt, aber so haben mich alle ins offene Messer laufen lassen."

Hermann machte eine Pause, dann fuhr er fort.

„Weißt du, was das Schlimmste ist? Das, woran ich die ganze Zeit denken muss? Ob mein Vater denn gar nichts von mir wissen wollte? Wenn er gewusst hat, wer ich bin, warum hat er dann nichts gesagt? Und er muss es doch gewusst haben. Er hat meinen Namen und meinen Geburtstag auf dem Lebenslauf gelesen."

Hermann hielt inne, noch nie hatte er diesen quälenden Gedanken ausgesprochen. Auf einmal war er ganz erschöpft von der langen Rede und er wusste nicht, was er noch hätte sagen sollen.

„Hmm", brummte Pierre und klopfte seine Pfeife aus, um sie sich neu zu stopfen. Er nahm sich Zeit und überlegte, bevor er wieder zu reden begann.

„Hermann. Ich will dir was erzählen. Ich war so alt wie du heute bist. Nein, ich war älter. Ich war 25 als ich in Gefangenschaft geriet. Oben bei euch im Norden, in der Nähe von Schwerin. Ich habe dir und Peter ja erzählt, dass ich während des Krieges in Deutschland war. Glaube mir, ich bin nicht freiwillig nach Deutschland gegangen. Da gab es nämlich auch welche. Ich erinnere mich noch an die französischen Propaganda-Plakate: ‚Sie geben Ihr Blut, Ihr Eure Arbeitskraft.' Die Franzosen sollten für die Deutschen arbeiten, damit die Deutschen den Bolschewismus bekämpfen konnten. Ich kam auf einen Bauernhof, es fehlte an Männern, die waren ja alle an der Front und nur die Frauen, die Kinder und die Schwachen und Alten waren da. Und die Ernte musste eingefahren werden. Die Arbeit war hart, aber die Menschen waren freundlich zu mir. Wir Franzosen hatten sogar etwas Freizeit, konnten schwimmen gehen und musizieren. Andere hatten es weiß Gott nicht so gut. Ich erinnere mich noch an die Ostarbeiterin auf dem Nachbarhof. Die wurde schlechter behandelt als ein Hund. Sie wurde getreten und geschlagen, dabei hat sie geschuftet für zwei. Mir haben sie nie auch nur ein Haar gekrümmt. Ich weiß, es hört sich merkwürdig an, aber ich hatte eine schöne Zeit. Ich wurde sonntags zum Essen eingeladen, ich durfte mit ihnen am Tisch sitzen, obwohl das eigentlich verboten war. Und dann traf ich Katharina. Sie war Deutsche und zum Arbeitseinsatz auf dem Hof. Ihr Verlobter war noch im Krieg. Sie war einsam, ich war einsam und dann ist es passiert. Wir haben uns verliebt."

Eine Erinnerung glomm auf. Hermann versuchte das Bild zu fassen. Auch auf dem Bauernhof in Bredbeck hatte es einen Mann gegeben, der frühmorgens kam, um dem Bauern auf dem Feld zu helfen, und spätabends wieder verschwand. Der Mann hatte dunkle Haare, war groß und hager und sprach eine fremde Sprache. Hermann war damals noch zu klein, um zu verstehen, wer dieser Mann war. Er hatte kein Wort mit ihm wechseln dürfen, deswegen wusste er nicht, wie der Mann hieß und woher er kam, aber ihm wurde auf einmal klar, dass dieser Mann auch ein Zwangsarbeiter gewesen sein musste. Wie Pierre. Hermann blickte Pierre wieder an. Pierres letzte Worte hallten in seinem Ohr nach.

„Warst du damals nicht mit Catherine verheiratet?", fragte er und runzelte die Stirn.

„Ja, wir hatten geheiratet, bevor ich wegmusste. Sie war bereits schwanger mit François. Wir wussten ja nicht, dass es fast zwei Jahre dauern würde, bis wir uns wiedersehen würden und sie hat die ganze Zeit auf mich gewartet. Habe ich ein schlechtes Gewissen deswegen?"

Pierre wiegte seinen Kopf hin und her. „Nein!" antwortete er schließlich. „Ich wusste doch nicht, ob und wenn ja, wann ich wieder zurückkommen würde als ich in Gefangenschaft geriet."

„Weiß Catherine von der anderen Frau?"

„Nein, sie weiß von nichts. Vielleicht ahnt sie etwas,

aber sie hat mich nie gefragt und ich habe nie etwas gesagt."

Pierre lehnte sich vor und blickte Hermann aus seinen grauen Augen eindringlich an.

„Ist es nicht ein sonderbarer Zufall, dass beide Frauen den gleichen Namen tragen? Katharina und Catherine. Der liebe Gott spielt manchmal schon ein seltsames Spiel mit uns! Katharina und ich trafen uns fast jede Nacht und eines Tages, sagte sie mir, dass sie schwanger sei. Ich wusste nicht, was ich tun sollte, aber sie war eine starke Frau und wusste, was sie wollte. Sie sagte, das Kind sei ein Geschenk. Sie wisse nicht, ob ihr Mann jemals wiederkommen würde und sie habe sich immer ein Kind gewünscht. Was hätte ich da tun sollen? Ich konnte sie ja nicht zwingen, das Kind nicht zu bekommen und ehrlich gesagt, war ich erleichtert, dass ich diese Entscheidung nicht treffen musste."

Hermann starrte Pierre an. „Und das Kind?", fragte er. „Hast du es jemals gesehen?"

Pierre schüttelte den Kopf: „Nein, nur auf einem Foto. Ich bin im Mai 1945 zurück nach Frankreich. Unsere Tochter ist im Sommer geboren. Erst viel später habe ich einen Brief von Katharina erhalten, in dem sie mir ein Bild von einem kleinen Mädchen geschickt hat. Sie hat sie Karen genannt. Sie hat den Namen auf die Rückseite des Fotos geschrieben zusammen mit dem Geburtsdatum. Braune Locken hat die Kleine, genauso wie ich als Kind sie hatte. Aber das wichtigste ist: Katharinas Mann hat sie angenommen. Und das rechne ich ihm hoch an. 1946 ist er aus dem Krieg heimgekehrt und wen fand er bei seiner Verlobten vor? Ein kleines braungelocktes Mädchen neben all den hochgewachsenen blonden Deutschen. Jeder, der rechnen kann, weiß, dass es nicht sein Kind ist. Jeder, der es ansieht, wird wissen, dass es ein Franzosenkind ist."

Hermann schwieg. Er wusste nicht, was er sagen sollte. Er hatte davon gehört, wie Frauen in den besetzten Ländern behandelt wurden, die sich mit deutschen Soldaten eingelassen hatten. Wie mochte es den Kindern aus solchen Beziehungen und Kindern wie Karen ergangen sein, die offensichtlich ein Kuckuckskind – noch dazu vom ehemaligen Feind - waren?

Pierre unterbrach ihn in seinen düsteren Gedanken. „Sieh mal Hermann. Was ich dir mit meiner Geschichte sagen will: So tragisch das mit deinem Vater ist: Du bist nicht allein damit! Der Krieg ist an allem schuld. Er hat die Familien auseinandergerissen. Er hat den Frauen die Männer weggenommen und den Kindern die Väter. Und Saint-Nazaire.... du kannst dir nicht vorstellen, wie es hier ausgesehen hat! Oder doch, vielleicht gerade du. So wie es bei euch in den Städten in den letzten Kriegsmonaten ausgesehen hat. Es war schockierend. Erst wurde die Stadt von den Deutschen besetzt und dann komplett zerstört. Zurückgeblieben ist nur dieser hässliche Bunker. Die

Franzosen haben allen Grund die Deutschen zu hassen und viele tun es ja auch. Aber weißt du, ich habe mich entschieden, keinen Groll zu hegen. Es gibt soviel Schlechtes auf der Welt, da will ich nicht Teil davon sein!"

Pierre zog heftig an seiner Pfeife. „Du weißt nicht, in welcher Not deine Mutter damals gesteckt hat. Mit deinem Vater weiß ich nicht, vielleicht hat er dich erkannt, vielleicht auch nicht. Vielleicht hat er auch gedacht, das Ganze sei ein Zufall. Natürlich ist es bitter, dass du belogen wurdest und ich kann verstehen, dass du enttäuscht bist. Aber sage mir: Waren deine Großeltern gut zu dir?"

Vor seinem inneren Auge sah Hermann Hennys spitzes Gesicht mit ihren hellblauen Augen vor sich. Er sah Oskars leicht krummen Rücken und seine großen Hände. Auf einmal fühlte er ein Drücken im Magen, seine Kehle wurde trocken. Er schluckte.

„Ja", sagte er heiser.

„Gut, dann lass mich dir einen Rat geben, wenn ich darf. So gerne ich dich Weihnachten bei uns hätte: Fahr nach Hause und versöhne dich mit deinen Großeltern, bevor es eines Tages zu spät ist."

Die Rückkehr

Auf den ersten Blick hatte Henny sich nicht verändert. Sie trug einen Rock und eine Kittelschürze. Die

Haare hatte sie zu einem Knoten im Nacken festgesteckt. Nur ihre blauen Augen blickten ins Leere. Ihr Sehvermögen war noch schlechter geworden. Sie saß auf ihrem geliebten Küchenstuhl vor dem warmen Ofen. Oskars Platz war leer, er lag im Krankenhaus. Lore war da. Sie hatte Kaffee gekocht und einen Brotteller vorbereitet. Sie war es, die sich um Henny und Oskar kümmerte und regelmäßig vorbeischaute, putzte und kochte, während Hannah sich nur selten blicken ließ. Lore nickte Hermann zu und ging ins Wohnzimmer, um fernzusehen.

„Hallo Oma", sagte Hermann leise.
„Hermann!"

Henny erkannte seine Stimme sofort. Aus alter Gewohnheit kniff sie die Augen zusammen, um Hermann besser sehen zu können, resigniert gab sie auf.
Hermann zog einen Stuhl heran und setzte sich ihr gegenüber. Er nahm ihre Hände in seine.

„Wie geht es dir Oma?"
„Oh, wat mutt dat mutt. Ich will mich nicht beklagen. Aber sag mir, darf ich dein Gesicht befühlen? Ich kann nicht mehr so gut sehen", bat Henny.
„Ja, Oma natürlich." Hermann war gerührt. Er führte ihre Hände zu seinem Gesicht.

Sanft glitten Hennys Fingerkuppen über seine Stirn, seine Augenbrauen und seine Wangen und fuhren hinunter bis zum Kinn und zur Brust. Dann begann sie noch einmal von vorne, legte diesmal die ganze Hand auf und befühlte ihn von oben bis unten. Dann legte sie ihre Hände in den Schoß.

„Du hast Koteletten", stellte sie fest.
„Das trägt man jetzt so", antwortete er.
„Wie geht's dir denn min Jung? Wo warst du die ganze Zeit?"

Hermann erzählt von Frankreich, seiner Arbeit und von Jürgen und Annamaria, die ihre Hochzeit verschieben mussten und wie der arme Jürgen vor lauter Enthaltsamkeit darb. Bei der Vorstellung, wie der gutmütige Jürgen an den großen Busen eines italienischen Vollweibs gedrückt wurde, kicherte Henny in sich hinein. Wie früher, hielt sie sich wie ein kleines Mädchen den Handrücken vor den Mund und bekam vor lauter Lachen Tränen in die Augen. Hermann merkte, wie sehr er seine Oma vermisst hatte. All sein Groll war verflogen. Warum, verdammt nochmal, war er nicht viel früher gekommen?

„Und Opa? Wie geht es ihm?" fragte Hermann vorsichtig.

Henny runzelte die Stirn. Oskar hatte einen zweiten Schlaganfall erlitten und redete immer mehr wirres Zeug.

„Anfangs habe ich noch mit ihm geschimpft, weil

er so tüdelig war, aber dann ist er eines Tages gestürzt und hat sich die Hüfte gebrochen. Da ist er dann ins Krankenhaus gekommen und nun hat er auch noch eine Lungenentzündung!" sagte Henny.

Am Nachmittag besuchten sie Oskar im Krankenhaus. Hermann erschrak beim Anblick seines Großvaters. Oskar lag im Bett und dämmerte vor sich hin. Er atmete ganz flach und kaum hörbar. Hermann hatte noch nie zuvor einen sterbenden Menschen gesehen, aber er wusste sofort, dass es für seinen Opa aufs Ende zuging. Das hagere blasse Gesicht lag auf dem Kissen. Der dünne faltige Hals verschwand fast unter der Bettdecke, die bis zur Brust hochgezogen war. Nur die großen, von dicken Adern durchzogenen und mit Altersflecken übersäten Hände waren zu sehen, die auf der Bettdecke ruhten. Sein Opa, dieser große und gute Mensch wirkte auf einmal ganz klein und schwach. Hermann ergriff Oskars Hand und streichelte sie.

„Erzähl ihm etwas", ermunterte Henny ihn. „Er kann dich hören."

Und Hermann erzählte zum zweiten Mal an diesem Tag von Italien. Frankreich ließ er aus. Er hatte das Gefühl, dieser Teil der Geschichte würde nur stören. Als er eine Pause einlegte, drückte Oskar leicht seine Hand. Hermann hatte den Eindruck, er wolle ihm etwas sagen. Er beugte sich über seinen Großvater, aber aus Oskars Kehle kam nur ein leises Röcheln.

„Grüß Mama von mir, wenn du sie siehst", sagte Hermann statt seiner leise und streichelte weiter Oskars Hand.

Nach zwei Stunden fuhr Hermann mit Henny wieder zurück in ihre Wohnung. Beim Aussteigen reichte er seiner Großmutter den Arm, sie fasste seinen Ellenbogen und so gingen sie gemeinsam die Treppenstufen zur Wohnung hinauf. Henny war erschöpft und wollte sich kurz hinlegen. Hermann richtete sich ein Bett auf dem Sofa her.

Lore hatte für sie einen Topf mit Braunkohl und Pinkel, Mettwürsten, Speck und Kassler auf dem Herd stehengelassen. Er war noch warm. Kartoffeln hatte sie auch geschält und in einem zweiten Topf bereitgestellt. Hermann stellte den Herd an. Sein Magen knurrte. Seit einer gefühlten Ewigkeit hatte er kein Kohl und Pinkel mehr gegessen.

„Ohne Braunkohl und Pinkel ist das doch kein richtiger Winter!" sagte Henny als sie nach ihrem Nickerchen wieder aufwachte.

Sie aßen den Kohl in der Küche und tranken ein kaltes Bier dazu. Nach dem Essen wünschte sich Henny ein Gläschen Korn. Hans und Gerd ließen sich den Abend nicht blicken. Hannah wollte erst am nächsten Tag vorbeikommen. So gehörte der Abend ihnen allein. Henny bat Hermann, mehr von Frankreich zu erzählen und hörte aufmerksam zu. Erst zögerlich, dann ohne Unterbrechung erzählte Hermann ihr auch von Pierre und dem Gespräch, das ihn dazu bewogen hat, nach Deutschland zu fahren. Henny schwieg eine Weile, bevor sie die richtigen Worte fand.

„Weißt du Hermann, es tut mir leid, dass wir dir nicht die Wahrheit gesagt haben. Wir hatten nie die Gelegenheit darüber zu sprechen. Und als Hannah dir das mit dem alten Walter erzählt hat, bist du ja sofort abgehauen."

„Wir haben darüber gesprochen, hier in der Küche", erinnerte sie Hermann.

„Ja, stimmt. Aber wir haben nicht darüber gesprochen, warum wir nichts gesagt haben… Deine Mutter wollte es nicht."

„Ja, das weiß ich doch. Aber hättet ihr nicht wenigstens etwas sagen können, als ich dort gearbeitet habe? Alle wussten Bescheid. Und selbst der Alte muss es geahnt haben. Nur ich wusste von nichts."

Henny seufzte. „Als du damals erzählt hast, dass du bei dem Walter anfängst, war für mich klar, dass ich jetzt erst recht nichts sagen kann. Es hätte nur für Ärger gesorgt. Was hättest du denn machen wollen? Den Walter zur Rede stellen? Der hätte dich doch hochkant rausgeschmissen und womöglich noch als Lügner beschimpft!"

„Mag sein, aber hatte ich denn kein Recht, die Wahrheit zu erfahren?"

„Genau das hat Oskar auch gesagt. Und jetzt sage ich dir, was ich ihm damals gesagt habe. Das Leben ist nicht gerecht und es gibt kein Recht auf irgendwas! Gewöhn dich an diesen Gedanken, sonst wirst du nie in deinem Leben glücklich! Die Wahrheit ist doch, dass es tausende solcher Geschichten gibt. Du hast es doch selbst erzählt mit Pierre und seiner Tochter. Glaub mir, als der Krieg vorbei war, gab es Dringenderes zu tun als sich über sein Unglück zu grämen. Wir mussten zusehen, dass wir was zu essen und ein Dach übern Kopp hatten. Was nützt einem da die Wahrheit? Wir konnten es doch eh nicht mehr ändern! Guck mich an: Ich habe zwei Kriege miterlebt, beide Male Haus und Hof verloren und musste vier Kinder durchbringen. Und Sophie, deine Mutter… Sie hat ihre Jugend und ihre Gesundheit eingebüßt. Gerade mal 31 ist sie geworden. Dabei war sie so ein lebensfroher, tüchtiger Mensch. Ist das gerecht? Alles, was sie vom Leben wollte, war eine Familie mit vielen Kindern und vorher ein bisschen Freude haben, ein bisschen Leichtsinn. Das war der Moment, in dem sie Karl Walter getroffen hat. Und wer konnte es ihr verübeln, dass sie sich in ihn verliebte? Er sah gut aus und er hat ihr geschmeichelt. Dass er bereits verheiratet war, hat sie erst später erfahren. Was habe ich mir den Mund fusselig geredet, aber welches junge Mädchen hätte nein gesagt? Alle guten jungen Männer waren ja weg, im Krieg. Keiner wusste, wann sie zurückkommen würden! Kann man ihr einen Vorwurf machen? Wenn, dann doch eher dem Walter, der seine Frau betrogen und seine Geliebte hat sitzen lassen als sie schwanger wurde. Wenn das mein Junge gewesen wäre, hätte ich schon dafür gesorgt, dass er Verantwortung übernimmt. Das sag ich dir! Aber deine Mutter?

Hör mal, Hermann, wenn ich etwas mit Bestimmtheit sagen kann, dann dass deine Mutter nur das Beste für dich wollte. Es war sehr schwer für sie. Sie wusste, dass sie sterben würde und dich zurücklassen musste. Das hat sie sich weiß Gott auch anders vorgestellt, das kannst du mir glauben!"

Hermann schwieg betroffen. So ganz stimmte er mit dem, was Henny sagte, nicht überein, aber er beschloss die Sache ruhen zu lassen. Auch Henny wollte sich nicht weiter streiten. Sie griff nach Hermanns Hand und streichelte sie mit ihrem Daumen.

„Aber nun lass mal gut sein. Wir können es nicht mehr ändern. Es ist so schön, dass du wieder da bist! Erzähl mir noch mehr von Italien und Frankreich, dem Meer und deinen neuen Freunden."

Oskar schlief kurz vor Weihnachten ein. So gesehen war die Lungenentzündung ein Segen, ein gnadenvoller, schmerzloser Tod. Die Beerdigung fand im neuen Jahr statt. Zur Trauerfeier kamen nur wenige Menschen. Die meisten Freunde und Nachbarn, die Oskar näher gekannt hatten, lebten schon lange nicht mehr oder waren weggezogen.

Zum ersten Mal seit Jahren trafen sich Hermann, Hans und Gerd wieder. Sie gaben sich die Hand, zu erzählen hatten sie sich nicht viel. Gerd war dick geworden von dem fetten Essen, das Lore ihm vorsetzte und den Sahnetorten, die sie buk. Hans hingegen sah zäh und ausgezehrt aus. Versoffen wie er war, aß er kaum noch etwas. Alkohol war offenbar das Einzige, was er zu sich nahm. Seine Wangen waren rot geädert, die Unterlider gerötet und sein Augenweiß gelblich gefärbt. Sie besprachen, dass Henny zu Gerd und Lore ziehen sollte. Lore wollte sich um sie zu kümmern. Hannah und Hermann versprachen, sie dabei finanziell zu unterstützen.

Hermann half Henny, ihre Sachen zu packen und die Wohnung für die Nachmieter zu räumen. Er nahm einige Bilder an sich, die ihn zusammen mit seiner Mutter zeigten, Fotos von Henny und Oskar sowie Oskars Taschenuhr. Gerd überreichte ihm ein Packen an Dokumenten mit seiner Geburtsurkunde und der Sterbeurkunde seiner Mutter. In seiner Geburtsurkunde las er, dass bei seinem Vater „unbekannt" eingetragen war.

Die weiteren Formalitäten überließ Hermann Hans, Gerd und Hannah. Er wollte am nächsten Morgen zurück nach Frankreich fahren. Die letzte Nacht in Bremen würde er in der Pension verbringen.

Nachdem er Henny zu Gerd und Lore gebracht hatte, ging er in Gröpelingen spazieren. Es war erst 16 Uhr, aber es war bereits dunkel. In der Liegnitzstraße blieb er plötzlich stehen. Im Schaufenster des

Fahrradhändlers Dutschke stand ein hell beleuchtetes Fahrrad. Es war ein rotes Hercules-Herrenrad, genauso eins, wie er es sich immer gewünscht hatte. Nur moderner mit zwei weißen Ringen als Dekor am Rahmen oben und am Rahmen unten sowie einer Torpedo-Dreigangschaltung.

Hermann überlegte nicht lange und betrat das Geschäft. Die Türglocke bimmelte. Es war das erste Mal, dass er in dem Laden drin war. Es roch nach Gummi und Öl. Ein geschäftstüchtiger Verkäufer eilte herbei. Hermann drehte eine Proberunde im Hof und ließ sich zeigen, wie man das Vorderrad ab- und wieder anmontieren konnte, schließlich musste er das Fahrrad in seinem Opel verstauen. Eine Werkzeugbüchse bekam er gratis dazu.

Hermann bezahlte und fühlte eine kindliche Freude in sich aufsteigen. Er realisierte, dass er gerade sein erstes eigenes Fahrrad gekauft hatte. Draußen schwang er sich auf den Sattel und fuhr wie selbstverständlich zum Fähranleger. Dort setzte er mit einer der letzten Fähren rüber zum Lankenauer Höft.

Von hier konnte Hermann die Werft sehen, wo noch gearbeitet wurde. Große Scheinwerfer beleuchteten den Helgen. Hermann dachte an die Zeit seiner Lehre und wie sie damals Nachtschicht um Nachtschicht einlegen mussten, um das Schiff rechtzeitig ausliefern zu können. Die Zeit, die seitdem vergangen war, kam ihm wie eine Ewigkeit vor.

Dafür war ihm, als ob er erst gestern hier mit Jürgen

am Weserstrand gelegen hätte. Er schloss die Augen. Durch die Lider flimmerte das Licht der Scheinwerfer, es erinnerte ihn an die Sonnenstrahlen träger Sommernachmittage. In der Ferne leise hörte er das Hämmern und Surren auf der Werft.

ENDE

Danksagung

Die Geschichten von Hermann, Jürgen und Karen beruhen zum Teil auf wahre Begebenheiten. Ihre Lebensgeschichten sind einzigartig und stehen zugleich für viele ihrer Generation, die nach dem Krieg aufgewachsen sind. Ihnen widme ich dieses Buch.

Zur Entstehung des Buches haben viele Menschen beigetragen, denen ich an dieser Stelle danken möchte. Zunächst einmal danke ich Annegret und Herbert Kienke, Klaus Kuhnert, Peter Kernbach sowie Daniel Sokolis vom Arbeiterverein Use Akschen für ihre Schilderungen über die Arbeit auf der A.G. Weser in den 50er und 60er Jahren. Auch in Frankreich haben zwei ehemalige Werftarbeiter mir von ihrer Zeit auf der *Chantiers Navals Loire-Atlantique* und ihrer Jugend erzählt: Marc Rouaud und Jean-Claude Pilard. Patrick Baul hat die historischen Details zum Bau der *France* geliefert. Jean-Claude Chemin und Andrea Klose haben mir bei der Kontaktaufnahme geholfen und mir viel über Saint-Nazaire und ihre Menschen erzählt. Gerard Dumont hat für mich seine Erinnerungen an seine Heimatstadt Saint-Nazaire aufgefrischt.

In Italien hat mir Antonella Albano geholfen, mit Rosalba Lecito eine Zeitzeugin zu finden, die sich noch an den Bau des Stahlwerks erinnern konnte und die mich an ihren Jugenderinnerungen teilhaben ließ. Flaviana Cioca hat übersetzt und so habe ich viel über die 60er Jahre in Tarent erfahren. Für die spontane Auskunft zum Bau des Stahlwerks danke ich dem Journalisten Fulvio Colucci sowie dem Ingenieur Luigi Capogrosso. Für seine Expertise zum Hercules danke ich Heiko Petrich vom Verein für alte Fahrräder.

Wolfgang Kiesel, Annett Schröder und Ingrid Engel danke ich für das kritische Gegenlesen meiner ersten Entwürfe. Helmut Farr danke ich für seine Offenheit. Zu guter Letzt danke ich meiner Mutter, die eine wunderbare Erzählerin ist, und meinem Ehemann, der mich darin bestärkt hat, das Buch zu schreiben und mich dabei kritisch-liebevoll begleitet hat.

Mina Bröcker, Dezember 2020

Zeitfracht Medien GmbH
Ferdinand-Jühlke-Straße 7
99095 Erfurt, Deutschland
produktsicherheit@kolibri360.de